性別島讀

Reading Sexualities:

The Many Faces of Gendered Literature in Taiwan

王鈺婷｜主編
國立臺灣文學館｜策劃

目次

推薦序

作家的性別私史——

作家的「我們的年代」——李昂 7

此與我們的完整性有關：寫在《性別島讀》出版前夕——張亦絢 11

文學×社會學——

從臺灣女性文學研究到性別文學論述：一九九〇—二〇二〇——邱貴芬 17

探索性別社會的三組魔法——吳嘉苓 21

導論 穿越百年的性別平權史詩——王鈺婷 25

第一章　幽靈人間．女力／厲復活

有多悲慘，就有多強：代替女人活下來的女鬼們——謝宜安　36
【小專欄】林投姐故事之多重解讀——陳彥伃　50
女巫．女力．巫師袋：部落傳唱的靈韻之聲——巴代　54

第二章　日治殖民．摩登新女性

尋找散落的珍珠：一張近代臺灣女性的文學書寫地圖——洪郁如　68
自由戀愛的新世代：日治時期臺灣女作家群像——吳佩珍　80
走在塵世與塵土中的摩登女孩：第一代職業婦女的文學現身——蔡蕙頻　94
【小專欄】時尚的祕密：日治時期臺灣藝旦與女給的情慾消費——張志樺　108

第三章　威權島嶼・性別先聲

打造自己的房間，或穿過荒野：五〇年代反共煙硝外的心靈啟示錄——王鈺婷　116

瓦解家國的小女聲：六〇年代現代主義的潘朵拉之盒——黃儀冠　130

【小專欄】不「女子」的女子：郭良蕙的「《心鎖》事件」——高鈺昌　148

在父權與威權的夾殺中突圍：七〇年代新女性主義運動與文學——李淑君　152

同志平權先聲：《孽子》漂浪妖嬈的前世今生——曾秀萍　166

第四章　解嚴前後・都會臺灣

雙聲道：解嚴前女性文學與兩大報文學獎——張俐璇　182

女人專用之髒話：夏宇的女性詩學——李癸雲　198

愛滋・同志・酷兒：世紀末，怎麼做人？——紀大偉　210

感官歷史與肉身地理：解嚴後女作家的國族與情慾書寫——李欣倫　226

【小專欄】都會男女的真心話大冒險：《徵婚啟事》跨媒介改編——謝欣芩　238

第五章　千禧玫瑰・性別越界

同志們蜂擁進出的未來：新世紀以來的臺灣同志詩——楊佳嫻　244
【小專欄】天亮不用說晚安：文學現身與同志大遊行——翁智琦　258
戲終後，戲才真正開始：臺灣劇場中的性別運動——鄭芳婷　262
關於性的轉型正義：在受傷與受害之間贖回自己——葉佳怡　274

後記　「可讀・性」的文學革命暗語——蘇碩斌　285

作者簡介　288
展覽資訊　294

本書圖片如未特別註明者，皆由國立臺灣文學館提供。

推薦序一

作家的「我們的年代」

李昂／作家

作家所屬的世代影響他的作品，甚且影響到他在文壇上的地位與成就。但像在任何其他的範疇，當然也有例外。這「例外」有可能是助力、先行者，成就一番豐功偉業，也可能生不逢時，導致一事無成。

華文小說中最跳脫的成功例子非張愛玲莫屬。十九世紀上半場，中國在列強外侵、憂國憂民的主旋律下，成就的，應該是魯迅、老舍、茅盾、巴金等等這樣的作家和作品。大概怎麼都沒有料到，當時被認為寫小情小愛、在類八卦雜誌刊登的張愛玲，之後在港臺受歡迎也罷，在中國大陸改革開放後，居然也穩居最被多方稱許的作家第一名。直到今日，聲勢不衰。還會延續多久？值得關注。

在主旋律之中廣獲盛名的，在文學史中多到不勝枚舉。現在疫情當頭，就不妨以寫《愛在瘟疫蔓延時》的馬奎斯為例。這個我認為二十世紀作家中可以排到前三名、我極喜歡的作家，他和「魔幻寫實」潮流相互幫襯，達到了兩者的最高峰。

那麼，臺灣作家和他（她）的時代，又有怎樣的關聯呢？這本書當中談論的性別、性，無疑的可以作為一種觀照。

我，和年齡與我相近的作家，大概從一九五〇年前後出生的這一代，可以說是這個時期有機會行走於風尖浪頭的一代。我們來自戒嚴的白色恐怖；高壓的「中華文化復興」教育；嚴格的傳統君父社會制約。可這樣的時代背景，給予我們開創的機會。只要我們有足夠的前瞻性、足夠的勇敢。

我是一個作家，不是一個學者，所以就只以我個人作例子，或可作為參考。六〇年代末我發表第一篇小說〈花季〉，首度觸及了青春期萌發的性；八〇年代的《殺夫》，寫於「美麗島事件」後，性成為暴力的侵入並帶來死亡；《迷園》則開始了國族論述。

到了九〇年代，性與政治兩者結合，《北港香爐人人插》展開兩者之間的關聯，而且著重於女性，便在在都挑戰到了當時社會的禁忌。名人來對號入座，其實可能只是將潛藏的問題引爆出來。隨著抗爭得來的臺灣民主化與自由，在政治、性別、性的書寫，在上個世紀九〇年代末期達到了高峰。當酷兒、女性主義、同志書寫群出後，我們看到了最好的時代也是最壞的時代。我們可以書寫任何想要的，只要你（妳）有足夠的才華，而且，五〇年代出生的我們，還沒有老到不再能創作。

我則自許作為一個臺灣作家，有機會衝撞成規，使我在華文文學創作上能走在先遣前鋒。回顧之時，我會說，我的〈彩妝血祭〉，恐怕是第一個將同志／變妝書寫入二二八以降的政治迫害中。而長達三、四十年，我因為書寫到性、政治，小說被新聞局禁、個人遭受的歧視與攻擊，當然自不在話下。這些都是需要付出的代價。

可接下來我們面對了可能是必得面對的「拔劍四顧心茫茫」。對於像我這樣的作家，從戒嚴時代必得要把《迷園》中的國族論述，藏在愛情、花園重建的象徵中。於今，以往要衝撞禁忌的強烈控訴不再，是不是頓失所據？

我朝向另類的嘗試，寫了以鬼國象徵臺灣的《看得見的鬼》，以及之後的《附身》，之後結合食物的《鴛鴦春膳》，都覺得找到了新的出路與方向。我也在全然無有顧忌下寫了《路邊甘蔗眾人啃》，了解到不再有邊界越線的終極。然後，回到了最始初關懷的女性議題《睡美男》，年老與性，女性最終得跨越的。之後，死亡之於我們女人，會是怎樣的議題？會有所不同嗎？

值得提出來的是，我這一代的作家們，在臺灣自由開放之後，繼續書寫的似乎並不多。（我閱讀到的有限，這點希望研究者提供不同的看法，我很樂意學習。）而時代必然在朝前走，我們的下個世代的作家，書寫屬於他們的議題，成為了現今主流。

還留有過往痕跡的，是過去最被壓抑的同志文學，在無有限制束縛下，朝向哪方面發展，無疑深讓我感到興趣。是因為同志議題相對起來方是現階段最終的禁忌？（同婚也才在不久前爭取到！）當然還是要說我閱讀的不夠多，但我有一個普遍的印象：同志文學裡被壓抑的性別、性，不再是前一波書寫的重點。而回到更多的我稱之為「全範圍」書寫。也就是說，以往要衝撞禁忌的強烈控訴不再，在寫一般的人世情節中，我看到企圖寫出的不同細處、氛圍。在這一波強大的性別、性論述書寫中，看得出延燒的火勢。

便要回到一開始的問題：作家和他們的時代。

我很慶幸我寫作的時間點卡在這個對臺灣、對整體華文文學都是一個重大的潮流中。重要的時潮不保證出好的文學作品，但對撲打來的巨浪，我還是要說，有更大值得努力的機會與空間。只要不被滅頂，我們這一代的作家，在具永恆性的性別、性議題上，留下的痕跡，不會太容易被忽略。因為像這樣的大潮流，也不是每個世紀都會不斷出現。這個大時潮給出的衝撞能量，有助我們創作；也受惠於這個時潮，我們有著水幫魚魚幫水的利基。我特別深刻地感受到，由於臺灣於華文世界在民主和自由的先行，給了我們作家的創作空間，我個人尤其感到受惠良多。而下個劃時代的大潮流，會是網路世代，先行者，就有機會拔得頭籌。

雖然我的世代在過去，但是，我仍有未竟的話要說，繼續不斷努力地書寫，仍然是我未竟的職志。

不管你（妳）屬於那個世代，同志們，一起努力吧！

推薦序二

此與我們的完整性有關：寫在《性別島讀》出版前夕

張亦絢／作家

臺灣性別文學這個主題，真讓我百感交集。在這本書中，只有極少數提到的作者與作品，是我所不熟悉的——眼神劃過一行行的文字，彷彿長年以來，心中的祕密星圖浮現。執筆為文的眾人，也多是我一向有習慣拜讀的作者。

回首來時路與我們的房間

十八歲，我第一次風聞基進女性主義的「愛女人」概念，說實在，沒有什麼比它，更能將厭女情結一一凌空點穴了。講解它的是（劉）毓秀。那時有「大專女生姊妹營」，我因為心急，還沒入大學，倒先入了營隊。毓秀講課時火力四射，但我更記得，不講課時，她伏在桌上休息，對還怯生生晃盪的我與其他女生，半認真半開玩笑地說，做一個女性主義者，要養成隨時隨地都可以睡著，以便養精蓄銳上戰場的習慣。從幼稚園起，就被父親耳提面命「女人說不就是要」的我，本該是每根頭髮都浸滿父權毒素的女孩，因為女性主義課上的幾句提點，得以走上完全不同的道路。

幾年後，我公開跟毓秀唱反調。她當時深恨女人連結不夠強韌，力主「組織當在論述之前」，鼓動我們「丟掉筆桿去社區」。我用來反駁她的，是她多年前為鄧如雯案所寫的論述。我說，若不是讀到她在文學副刊上，公開發表戳破強暴共犯結構的論述，像我這種孤立在不同家庭中，心智被父權上鎖的少女，根本不可能走出來，被組織或做組織。所以，總是必須寫下去。

搞笑一點來說，「並重派」與「組織派」，並不衝突。這類吵鬧的往事還很多（有時我想存在某種「女性主義吵架派」，總在吵架中成長，也因吵架而強壯），我很少想成我受到的影響——它太生活、瑣碎與親密了。然而，我很清楚，我擁有的，從不只是「自己的房間」。在「我們的房間」裡，噴噓、吶喊與各種奇異怪女聲，向來就是此起彼落，不絕於耳。

恢復我們的完整性與展望新生代

文學是「論述的姊妹與身先士卒」——如果說十八歲的我，能對若干經典倒背如流，那也是直到面見女性主義後，才擁有取捨的勇氣，能夠決定哪些是我的菜，哪些是「待改良」。以進駐生命的時序而言，文學最先，性別次之，而臺灣殿後，這並非意願所致，而是「時代的限制」。如同文學創作與性別敏感度，臺灣意識也非落地天成。記得李昂先於許多人願自稱「臺灣作家」，一度受到圍剿。場面之火爆，令當時涉世未深的我心底，留下了印記。偶爾碰到非難性別或本土的文學長輩說客，我總在心底亂亂畫符，如同擊退吸血鬼。終於，我也走過了對臺灣「敢愛不敢言」的年代。

文學究其根本，與發現與保存人的完整性有關。而臺灣或性別之所以是有力的元素或方法，原因在於，它得以返還人們被貶抑、拒認與減價的存在與歷史，也就是說，恢復我們的完整性。

觀察最新一代、若干也已被寫入本書的作者，我發現眾人在表現上，已無我這一代，帶著掩護前行的形態。新一代較少帶有偷渡或修辭的機警，更多的是，直接擁抱主題的俐落與放閃力——這個可喜的現象，顯示臺灣性別文學不再是需要辛苦建立合法性基礎的階段，已進入各就各位，兵分多路的時代了。在最明顯的案例裡，楊双子、簡莉穎與邱常婷已做出不容忽視的成績，另方面，能夠灌注個人特殊關懷以使成長／性別文學更加質變與多元的佳例中，神小風、楊莉敏、楊婕、張郅忻、林佑軒、陳又津、馬翊航、三陳柏（陳栢青、陳柏言、陳柏煜）、鍾旻瑞、洪明道、李琴峰、方清純、連明偉、Apyang Imiq（程廷）、謝子凡、林新惠、顏訥、謝凱特等，都可說已播下極其秀異的種子，令性別文學的園地，花影扶疏，祕境綿延。

臺灣性別文學，仍要還擊次等化與性別隔離化

而我自己的書寫，如果以《愛的不久時》為分水嶺，此前女同志的自我認識與生活史，多以特寫方式處理，此後的《永別書》或《性意思史》，同志則更常置於群像之中，或跳脫自我認識角色，成為其他事物的嚮導。歷程上的轉變，往往與書寫當下，感受到的迫切性有關——早年，同女嚴重的表意缺乏，令我生出極強的憂患意識。然而，此憂患意識也使我喪失若干自由。

自《愛的不久時》開始，我認為，我在個人自由與憂患意識之間，取得了對我自己而言，較佳的平衡。然而，那並不意謂，前此的憂患意識，毫無意義——極度的憂患意識或極度的個人自由，都能刺激文學創作，但要以什麼方式調和或不調和，是書寫者的自我課題。而在一以貫之的主題裡，對性暴（力）政的揭露之可以作為重鎮，我深深受益於年少讀過的蕭颯、裴在美與張愛玲。

浸淫文學或性別學已深者，對性別文學「見微知著，若無其小」的貢獻，相信鮮有疑

義。然而，我們不能過分樂觀地認為，欲以單一性別特權為服務中心的陽具崇拜傳統，已完全沒有影響與勢力。因此，臺灣性別文學，仍然必須時時做好還擊與破除被「次等化與性別隔離化」的準備。而《性別島讀》一書，帶來的正是整合領域與建立史觀的可能，可說是準備之必要。

我很高興能為這本書添加幾行個人感想，並在此對作者與讀者們，致上我衷心的感謝與祝福。

推薦序三

從臺灣女性文學研究到性別文學論述：一九九〇—二〇二〇

邱貴芬／中興大學臺灣文學與跨國文化研究所講座教授

王鈺婷教授主編的《性別島讀：臺灣性別文學的跨世紀革命暗語》顯然是部有其歷史視野的研究著作。從臺灣民俗女鬼傳說和原住民女巫文化傳統開始，歷經日治時期和戰後各個文學斷代，來到二十一世紀初的臺灣性別書寫。由於章節的作者是以中壯年世代為主的臺灣文學研究者，因此其議題和論述傾向，標示了二十一世紀初臺灣文學研究領域裡性別議題的向度。此書的一大貢獻，即是讓讀者得以管窺這一代的研究者如何以性別研究角度探討臺灣文學。

回顧性別文學批評在臺灣的歷史發展軌跡，其前身應該是一九九〇年代在臺灣學院扎根，進而蔚為風潮的臺灣女性文學批評。在這之前，不僅「臺灣文學」這個概念不被視為一個學術研究概念，具有嚴謹研究方法的臺灣女性文學批評也不存在。一九九〇年代的臺灣女性文學批評一方面建立一套研究方法，一方面也開始爬梳女性文學在臺灣的發展，築構歷史觀和文學傳統。李元貞、范銘如、劉亮雅、林芳玫、楊翠、張誦聖、應鳳凰、江寶釵、梅家玲和我都恭逢其盛，參與了這段歷史。而外文界的張小虹則以性別越界理論為臺灣同志文學論述開啟了一條道路。《性別島讀》的出版，代表這個文學批評傳統不僅後繼有人，而且從主編王鈺婷教授全書結構的安排，以及章節作者所探討的主題和挑選之素材，讀者可看到這個世代學者不同的關懷，以及他們與新世紀社會對話的方式和思維。這部書見證了文學批評從女性主義文學批評到性別文學研究的微妙變化。

作為一個經歷一九九〇年代臺灣女性文學批評時期的研究者，我注意到《性別島讀》有幾個特色。第一，文類的豐富性。臺灣女性文學批評時期的論述，以被視為文學小說（literary fiction）的研究成果最為豐盛。林芳玫解讀瓊瑤和李元貞的女性詩學是少數其他文類研究的傑出之作。《性別島讀》中的作者則把民俗誌（如謝宜安和陳彥伃臺灣女鬼的章節）、原住民口傳文化習俗（如巴代談卑南族女巫文化）、日記書信（如洪郁如討論日治時期女性書寫表現章節）、通俗小說（如高鈺昌有關郭良蕙《心鎖》的「小專欄」）、文學改編（如謝欣芩談陳玉慧《徵婚啟事》的舞臺劇和電影電視改編）皆納入視野。詩的研究也占有一定分量（如李癸雲和楊佳嫻的章節）。這一方面豐富了文學的視野和跨界的連結，一方面也重新提問：「文學是什麼？」「文學的疆界在哪裡？」這兩個問題，其實並非新課題，但是本書章節的探觸方式，正反映了二十一世紀在「民主化」（因此「大眾文學」的地位抬升）、現代多媒體科技衝擊（如電影、電視劇等）下作家創作，以及相關研究所面臨的新局。這一代的學者對於文類和媒介，有更多的關切。

另外，由於女性主義文學批評時期強調女性的「主體性」、女性自己的「聲音」、女性「自己的文學傳統」，男性學者的參與很少。好處是女性學者的論述逐漸在學院裡形成一股不可忽視的力量，但男性學者的參與卻顯得尷尬而難以伸展。就如同臺灣研究只有臺灣學者，或是原住民研究只有原住民學者一樣，長此以往，不利其開展。《性別島讀》的作者雖然女性學者仍占多數，但是卻也有好幾位男性學者和作家共襄盛舉，這是可喜的現象。或許以「性別」取代「女性」開闢了跨越性別藩籬的合作空間？

三，由於本書結構同樣採用臺灣文學史敘述斷代的結構方式，作為一個長年關切臺灣文學史的研究者，我也發現此書隱含的歷史觀有幾個值得注意的地方。日治時期該如何理解和論述，是臺灣文學（以及臺灣文學史）研究的重要課題。此書日治時期的章節以「摩登新女性」為標題，這與楊翠重要的臺灣婦女研究《日據時期臺灣婦女解放運動：以《臺灣民報》為分析場域（一九二〇—一九三二）》（一九九三）和陳培豐以性別隱喻為論述軸心的《歌唱臺灣：連續殖民下臺語歌曲的變遷》（二〇一一）所呈現的悲情殖民地女性相當不同，反映了二十一世紀後臺灣對於日治臺灣的另一種論述方式。詮釋角度和勾勒的圖像之所以不同，則需要回到歷史學來探討。歷史從來都不只是過去，更關乎現在與未來。如何敘述臺灣的過去，選擇哪些材料、以什麼樣的位置和觀點來敘述，是歷史學的重點。

最後，值得一提的是本書性別研究所勾連的社會議題。我研究紀錄片的一個心得：一九八〇年代的臺灣應該視為等同於西方一九六〇年代的社運年代。當時各類社會運動在臺灣蓬勃發展，包括政治運動、農民運動、環保、原住民、勞工、小眾媒體等等，其中當然也包括了婦女運動。當時街頭抗爭激烈，幾乎每日均有上萬人上街示威遊行。這股社會改革的力量後來促使了臺灣一九八七年的解嚴。解嚴開啟了臺灣歷史敘述重整的工程，日治記憶、二二八記憶、白色恐怖記憶等等在戒嚴時期消音的民間記憶得以被挖掘並搬上論述檯面。我們世代的文學批評和臺灣當時正如火如荼展開的社會運動緊密連結。但是，隨著報禁解除和電視媒體發達，臺灣公共領域論述的生態劇烈轉變，文學扮演臺灣思想先鋒的角色逐漸式微。此書所反映的性別文學勾連的社會議題顯然與前一世代大不相同。情慾論述可深可淺，可寬可窄，紀大偉的章節討論同志與愛滋病論述所涉及的疾病與「人」的思考，示範了這個世代性別文學研究的開拓性和無窮潛力。女人何以「為人」？性別越界的人如何為「人」？而從「女性」到「性別」的研究論述，如何開展「人」的空間？這或許是女性文學批評和性別文學批評最值得注意的貢獻吧！

推薦序四

探索性別社會的三組魔法

吳嘉苓／臺灣大學社會學系教授

幾年前我的社會學同行群策群力，以「性別作為動詞」當作書名，分享探查社會的新目光。我們採用巷仔口議論的科普形式，探討洗頭、托育與內閣組成等現象，透視性別壓迫、拆解異性戀霸權，指向性別改革。《性別島讀》也把性別當作動詞，一樣想引領大家重新看待性別世界。然而文學研究界同行施展了獨門的魔法，讓我感到新鮮而著迷。魔法一組一組開展，2D閱讀也彷彿經歷4D VR，眼前的性別社會變得超立體。

第一組魔法是穿越時空召喚術。女巫、藝旦、孽子在不同的頁面站了出來，帶著我們經歷秩序繽紛的年代，從百年前即開始。開場是滿滿的女鬼故事，透過本書的視野，成為控訴父權的豐富養料。陳守娘與林投姐，受害於既有的性別禮教，卻能透過鬼魅帶給人的恐懼，反嗆既有的權威秩序。接力的是卑南族的女巫，處理生死難題，又氣魄又細緻。即使我們難以親臨現場，已有巴代的女巫小說讓我們見識。超有畫面的還有一九三〇年代就出現的車掌小姐，在摩登新世界裡從事身體工作，力求向上流動，算票錢也維持秩序，是詩歌小說的熱愛。這些人物是書中各篇的例證說明，可能要回到源頭文學作品才會更加完整，但已然活靈活現。

讓邊緣性別重新浮上地表，堪稱女性主義考察宇宙的利器。排不上主流名人榜的戲班旦角、公共政策也難以觸及的國父國母的情慾，得以文學形式堂堂正正地發揮。當然我們透過歷史材料、田野工作、深度訪談，也能挖掘底層，張望不同的人生。可是許多掙扎與矛盾，特別是性別研究關切的情感、情慾與情分，也許文學更擅勝場。元配要從第三者爭回丈夫的那場裝暈、因為家國崩離反倒促成的身體解放、在同志大遊行之際的捷運車廂體驗志同道合……書中召喚出的一幕又一幕常讓人怦然心動，也像是流轉一輪不同歷史時期的性別難題與衝撞。

第二組魔法是介入社會的魔法杖。《性別島讀》把各時代的創作者，當作介入性別社會的重要行動者，而寫作的魔法杖並沒有那般容易到手。洪郁如呈現那些日治時期以日文創作的女性，教育有門檻、日語也並非母語、女性書寫更難被鼓勵，真是階級、性別與族群交織成牆，擋在書寫之路的前方。而能穿過牆的，如同吳佩珍在文中介紹的張碧淵、葉陶、黃氏寶桃與楊千鶴，她們寫出不同視野的殖民女性經驗。王鈺婷以「打造自己的房間」，定位戰後從中國來臺的女性作家，如何在政治限制中翻譯、寫作、編輯，以婚姻與家庭主題拓展邊界。黃儀冠則用「瓦解家國的小女聲」，探討一九六〇年代以現代主義挑戰家國威權的女性書寫。

一九七〇年代以來，婦運與同運就有文學大隊。婦運史必寫開創者呂秀蓮、李元貞，而李淑君則特別看重她們的文學創作。曾秀萍將白先勇創作《孽子》，連結臺灣同志運動的發聲與開展。紀大偉以愛滋、同志、酷兒三個關鍵字，召喚出繁花似錦的文學書寫，並置了淩煙描述歌仔戲班的《失聲畫眉》、田啟元暗示孔子是同性戀的舞臺劇《毛屍》，以及邱妙津的《鱷魚手記》。楊佳嫻帶領我們拜訪新世紀的同志詩作，一讀就被圈粉。鄭芳婷直接以「劇場中的性別運動」為題，讓我記起從大學以來如何在實驗劇場感官全開。複數的陽剛氣質，是這支文學大隊裡較為缺乏的身影，也許也正反映臺灣較少以男性為主體的性別改革運動，懇請未來多栽培。

我們也許常把社運團體、政策制定者、意見領袖，當作是性別改革的重要行動者。《性別島讀》則凸顯出「創作者」在社會改造中的重要貢獻：勇於異議發聲、以大膽創意掀起新的思潮，而有時穿透社會的澎湃，恐怕還勝過街頭運動，一如林奕含以《房思琪的初戀樂園》與自己的生命，掀起臺灣社會的 Me Too 震盪。

第三組魔法，就是這些文學研究者的創意分析角度，像是隨手拿起就讓眼前燦爛的萬花筒，而且附加任意門，誘惑你四處冒險闖蕩。謝宜安把女鬼看作是受苦女人的升遷制度，

「有多悲慘，就有多強」，得以對父權壓迫「加倍償還」。這角度實在讓人想從半澤直樹轉臺，改去收看李昂《看得見的鬼》。李癸雲分析夏宇的女性詩學，起手式是探索「女人專用之髒話」。原來蔡依林的〈我呸〉，也是夏宇以作詞人李格弟給的答案。對，你可以跟我一樣，google 李格弟所有作品，現在就去 Spotify 或是 YouTube 播放。

我也想要任意門帶我去臺灣文學館，飛奔去看本書源自的特展「可讀．性：臺灣性別文學變裝特展」。2D 的閱讀，讓人想要讀詩、看小說、聽歌、起身探索臺灣性別社會……《性別島讀》施展三組魔法，翻開書頁就是你的 4D VR，多麼神奇。

導論

穿越百年的性別平權史詩

王鈺婷

這是一段專屬於臺灣的性別文學故事，穿越漫漫歷史時空而來，從暗黑到光亮，從陰間到陽間，從客體到主體，從壓抑到解放，一重一重穿越，而今走到性別意識開放的新紀元。這也是一座性別意識的花園，植物是隱喻，透過交纏生存掙扎的林投叢、從異域移植的絢爛櫻花、號稱堅忍不拔的梅花，一一再現臺灣特有的性別景致。曾經閃躲在角落的玫瑰少年，終於來到向光植物的世界，嗅聞到另一層歷史簾幕下百合的香氛。

要說一段臺灣性別運動的故事，這一百多年來的路徑要從哪裡開始訴說？從哪裡將一個世紀之前的時空拼接回來？

首章「幽靈人間．女力／厲復活」，著眼於漢人女鬼傳說與原住民族巫覡文化兩大文化現象，展現出原漢文化差異下的性別光譜。清末以前，臺灣漢人女性受困於禮教桎梏，受盡壓迫、含冤至死的女性只有成為女鬼，寄託於超自然力量才有可能復仇。來自幽冥深處林投姐、陳守娘、椅仔姑的哀鳴，也記錄了臺灣早期女性無從掌握自己命運的歷程。而在卑南族文學作品中，女巫則是調解生者與亡靈的媒介，是召喚祖先神靈的使者，具有溫柔與堅毅的女性特質，也是卑南族文化性別平權的具體實踐。在巴代小說《巫旅》與《白鹿之愛》總可以瞥見這樣靈韻動人的女巫文化，也成為漢人版「那個時代，當鬼才能平權」的參差對照。

第二章「日治殖民．摩登新女性」記錄日本統治帶來殖民壓迫的同時，也促進臺灣的近代化，其中新式教育為臺灣女性帶來啟蒙，也是女性意識覺醒的重要時代。這些新女性邁出家門，踏進校園，走入職場，是否能夠成為「跳舞時代」中「東西南北自由志」的「文明女」呢？在殖民土壤上，女權種籽雖已萌芽，但女性書寫從識字起步到文學書寫，始終有一段不為人知的艱辛路途。在殖民地環境下，擁有日文書寫能力的女作家，其複數形式書寫，期待有心人一一補綴紀錄；這些女性觀點的書寫，在張碧淵、葉陶、楊千鶴、黃寶桃筆下更是與殖民地體制綁在一起，坦露新女性獨特的衷情與心曲。同一時期，隨著都市化的進展，出現第一代屬於智識階級的職業女性，「職業婦女」也成為當時女性展現自我意識的身分象徵。而在這些職業婦女形象中處於最邊緣的藝旦與女給，是女性時尚的指標？亦或男性慾望的他者？其中照見階級、社會結構的議題，道盡人心亟欲隱藏的惡之華。

第三章「威權島嶼．性別先聲」見證了一九四九到一九八〇年代解嚴前臺灣性別文學拓荒的路徑，經過一路披荊斬棘，終於在荒野中開發出情慾、新女性主義與同志的新園地。一九四九年後臺灣女性文學的景觀呈現重大變化，日治時期嶄露頭角的臺籍女作家因為語言與政治的關係，失去創作的舞臺；在國共內戰的緊張情勢下，另一批受過新式教育的女作家，如張秀亞、艾雯、童真等人，隨著國民黨政府遷居來臺，成就臺灣文學史上第一波女性創作的風潮。在強調國族敘事、風聲鶴唳的年代，她們以自我的文學實踐與大敘述劃開一小段距離，提供當時讀者穿行荒野走到心靈自適的「自己的房間」。

一九六〇年代崛起的新生代女作家，見證時代封閉下作家的突圍與反擊。那是一個斷裂的年代，那也是一個蒼白的年代，是戒嚴體制與白色恐怖蔓延的時代。然而，時代嚴密有意防堵創作的心靈，卻意外催生出前衛的現代主義創作。這些女作家在戒嚴體制的隙縫中，引進西方文藝思潮，描寫壓抑時代裡真實的情感與慾望，也正好為這個時代提供思想的破口，鑿開以內在心理為主的性別空間。或如歐陽子的婚戀敘寫，或如陳若曦與施叔青打開的鄉土祕境，或如聶華苓的越界航行，皆是女性個體精神突圍之所在。如今，我們走出那斷絕蒼白的年代，透過今日眼光，重新審視《心鎖》於一九六三年被查禁的時代意義：在保守主導文化的年代，郭良蕙以照見人性與慾望本質的心鎖撬不開時代的封鎖與禁絕，也讓這把心鎖至此深埋，直至解嚴前才得以解禁——《心鎖》無疑是窺見臺灣女性文學時代傷痕的心鏡。

一九六〇年現代主義女作家在失根漂泊的環境中與西方現代主義接軌，同樣地，一九七〇年代臺灣婦女運動因為政治高壓因素失去日治時期婦女解放運動的傳統繼承，而在全球第二波婦運的影響下在婦運荒野中持續拓荒。當時留美歸國的呂秀蓮提倡新女性主義，經營拓荒者出版社，以喚起更多女性意識；集婦運、學者與詩人多重身分的李元貞，創辦《婦女新知》，開展更多婦運的空間。這些臺灣婦女運動的先驅者面對傳統父權體制與威權政體雙重的夾殺，奮力搏鬥，與保守的社會積極對話。同一時期，臺灣早期最著名的同志小說《孽子》於一九八三年出版單行本。為黑夜無所依歸的孩子而作的《孽子》，為探索自我認同而徬徨的青春鳥而作的《孽子》，碰觸到當時社會依舊視為禁忌的同志議題，也挑戰異性戀國家霸權。白先勇筆下的《孽子》歷經三十多年臺灣社會的變化，歷經電影、電視劇與舞臺劇的改編，帶領著曾經壓抑的同志社群往性別平權的世界大步走去，帶給跨世代同志社群愛與勇氣，已成經典。

第四章「解嚴前後．都會臺灣」探討解嚴前後多聲部的性別合唱，文學書寫帶動社會變革，也逐漸改變社會，走向性別流動的同志書寫與國族情慾紛呈的繁花勝景。一九七〇年代末到一九八〇年代中期活躍的女作家在兩大報文學獎上扮演了關鍵性的角色。正值鄉土文學論戰前後設立的兩大報文學獎，有彼此文學路線的競逐與協商，也在主導文化的權力操作下，形塑性別與政治關懷的「雙聲道」，其中也可一窺臺灣文壇生態發展的軌跡。

值得注意的是，一九八三年李昂《殺夫》獲得第八屆聯合報中篇小說首獎，以一把殺豬刀與父權結構對決，披露出當代女性最常遭遇的家庭暴力，具有普世意義。《殺夫》無非是女性與父權制、弱勢與優勢對抗的性別史：相隔十年，一九九三年「鄧如雯殺夫案」是鹿港婦人殺夫的現代版，也促成一九九六年《家庭暴力防治法》的成立。

一九九〇年代迎來性別詩學嶄新的面貌。當時崛起於詩壇的夏宇，大膽以童話、經典詩作或是古典文學之新解呈現出女性對於情愛認同的掙扎，與對抗男性中心所背負的壓迫。那些顛覆性與戲耍的靈動詩句，凸顯女性意識的主體態度，使得夏宇從小眾純文學的殿堂，走進流行大眾文化的視野，也使得夏宇成為詩壇上令人衝動又令人心悸的名字，至今已成傳奇。同樣地，一九九〇年同志文學成為臺灣文壇的焦點。回顧同志文學走過的來時路，不可不記取同志文學背負愛滋帶來的恐慌，到民間倡議面對愛滋的勇氣，到以「同志」取代「同性戀」來標示同志社群的歷程。從與《島嶼邊緣》的淵源開始，酷兒文學成為臺灣世紀末最強調異質與反抗傳統的新文類，陳雪的《惡女書》、洪凌的《異端吸血鬼列傳》、紀大偉的《膜》與邱妙津的《鱷魚手記》一一結集現身，在異性戀家國之外思索酷兒與身分的對話。

解嚴前後女作家在政治解禁下脫胎換骨，在國族寓言與個人情慾的寬廣視野上，搬演二二八歷史創傷，溯返家族記憶的暗影，是感官與肉身的情慾政治學，亦是女性視角的集體記憶。臺灣政治解嚴，女作家衝破過往威權政治的缺口，逼視政治與性別禁忌：陳燁的《泥河》與李昂的《迷園》深入挖掘歷史創傷記憶，平路的《行道天涯》與朱天文的《世紀末的華麗》細膩刻畫女身的感官肉身，由九〇年代一路寫到新世紀的方梓的《來去花蓮港》與周芬伶的《花東婦好》呈現出波瀾壯闊的女系書寫，形構喧譁多聲部的女聲合唱。此一時期，陳玉慧的《徵婚啟事》從一九八九年至二〇一四年歷經文字、劇場、電影和電視劇各種新興文化媒介的改編，見證九〇年代至今都會女性成長史，反映這個時代女性意識崛起的歷程；她也以《海神家族》交響出東亞近代史的女性家族敘事，鋪陳龐雜宏偉的性別敘事。

壓軸的第五章「千禧玫瑰．性別越界」展示出性別意識最多元奔放的千禧年。新世紀以來的同志詩，由小眾邁向大眾閱聽的中心，其詩風廣納形式百川，面貌相當多元。鯨向海、騷夏、葉青、零雨等描述真實情慾與展現同志處境的詩作，訴說著有情人們的騷動與糾纏，引起讀者迴響；零雨的〈捷運（二〇一四）——致W〉，以累積多年歷史、東亞規模最大的臺灣同志大遊行為背景，標示出在公共政治上爭取權益的性少數主體的集結，以及對於社會性平價值的追求。臺灣劇場中的性別運動也在解嚴後逐漸解放，在千禧年迎向同志劇場創作百花齊放的新紀元。在劇場的次元中，在編劇想像的無限中，白色恐怖、動漫、青少年次文化、科幻、末日與環境生態……都展現出自由旖旎的表演藝術。而和國際議題息息相關的臺灣劇場運動，如何與臺灣及其外的全球性別運動交鋒與對話呢？未來發展都值得觀察。

二〇一七年由美國爆發的 Me too 運動蔓延到全世界，照見女性性別平權之路的血淚痕跡，映照出社會整體的性別權力議題。這種日常生活因為權力不平等而出現的性騷擾或是性別暴力，是隱形父權違建覆蓋下玫瑰少年終日的哽咽哭泣，是房思琪們難以化解的心理創痛。胡淑雯的《哀豔是童年》是幼齡女孩受害者與自身位置的對話，照見身分、階級與社會結構性問題；張亦絢的《性意思史》是正視女性「性」的蓬勃發展，凸顯性的獨特與性的複雜。性的轉型正義，是在受害與受傷之間，以受害者的獨特經驗記取自我族類「同志」的傷痕，並在書寫過程中撫慰、澄清與療傷，以具具肉身對於社會巨觀掃瞄，進而癒合自身、贖回自己。

臺灣性別運動跨度百年，一路從傳統禮教下男尊女卑的女性困境中萌芽，在追求性別平權的艱辛道路上照見生機，而今走到性別流動的燦爛風景，春光乍現。在性別運動中，文學扮演關鍵性的角色，文學是改革社會的先知，迸發成推動社會革新的力量。臺灣性別運動從面對社會不公的反抗，在漫長的時間中透過社會運動的發聲與集結，爭取到與「性別主流化」社會同步的性別文學平權空間，這一切真的得來不易。由文學啟動的性別改革運動，未來仍將繼續向前推展，與臺灣社會積極對話。

最後，感謝臺灣文學館蘇碩斌館長率領團隊所策劃的「臺灣性別文學變裝特展」催生了這本書，蘇館長為特展所提示的精神：「文學總是走在社會之前的『性別』變革故事」，揭示出文學的力量，令人動容，臺灣性別意識的革新帶領我們往平權的理想世界前行。臺灣性別文學，一路行來歷經許多前行者的努力，終於可以光明正大地談論性的轉型正義。在此感謝作家李昂、張亦絢，與邱貴芬教授、吳嘉苓教授的推薦序，與為此書撰文齊心奉獻的專家學者們，謝謝你們一同為臺灣性別文學更美好的願景而努力，也一併向聯經出版公司陳逸華先生與林月先小姐致上謝忱。

透過性別，我們始能洞悉自己，在性別意識開放的世界，才能坦然自在做你自己。

這本新世紀的性別文學專書，獻給每一個認同自己獨一無二性別意識的你。

性別島讀

Reading Sexualities:

The Many Faces of Gendered Literature in Taiwan

第一章　幽靈人間・女力／厲復活

有多悲慘，就有多強：代替女人活下來的女鬼們

謝宜安

一體的兩面：女鬼與女人

女鬼比男鬼多，傳說與歷史中，總是存在一些引人注目的女鬼。相較於男鬼的面目模糊，女鬼們多半帶有鮮明色彩與悲慘過去。這些女鬼生前或遭欺凌、或遭脅迫、或遭拋棄，放在哪個時代，都是女性常見的悲劇。這些女鬼故事，記憶了某一段時間中，施加於「女性」這一群體上的壓迫與暴力。

女鬼的悲劇，也就是女人的悲劇；「女鬼很多」的這件事，說明的其實是「女性的悲劇很多」。曾經，像是清朝那樣不平等的時代，身為女性就是一件危險的事。就如同「橫死者」被視為容易成為鬼、「溺死者」會化為水鬼索命，女性的身分也使她們容易成鬼：她們可能因為地位低微而遭逢虐待，或因為經濟過於仰賴男性，因此被拋棄之後變得無以為繼。陳守娘、林投姐、椅子姑，都是這一結構的受害者。

在傳說中，女鬼們生前遭受的暴力與悲劇，就是靈力的來源。這是一個弔詭的「升遷」制度：受虐者因承受了超凡的暴力，而獲得超越人類的力量與成為鬼的資格，彷彿暴力有多強烈，女鬼的力量就有多大。生前，身為女人的她們必須服從於三從四德等婦女戒律，但是三從四德管不到女鬼，因此成為女鬼的她們，可以凌駕於社會規範，成為更高的存在——這時，女鬼們可以將她生前遭受的暴力，以厄運換得的靈力加倍償還。

這種想像，記錄了性別不平等社會中，一種來自內部的反抗聲音。

厲鬼復仇：陳守娘與林投姐

陳守娘的故事，最早見於清代劉家謀《海音詩》。詩後注文提到了陳守娘的遭遇：陳守娘在丈夫過世後守節，婆婆強令她改嫁，守娘不從。守娘飽受小姑百般虐待，身上肌無完膚。有一天，婆婆與小姑把守娘綁在椅子上，用利器刺守娘的下體，守娘因此喪命。鄉里把這件事告到官府，但縣令打算強壓此事，所以謊稱屍體並無傷口。眾人憤怒，縣令才不得不判出真相。

根據《海音詩》，陳守娘的故事發生在道光年間。在《海音詩》之後，連橫於日治時期出版的《臺灣通史》也提到了守娘的故事，大抵與劉家謀所記相去不遠，但多了守娘受暴原因的具體說明：由於小姑賣身，一位縣衙幕僚來到陳家時，驚豔於陳守娘的美色，意欲染指陳守娘。幕僚重金賄賂婆婆，婆婆企圖說服守娘，無奈守娘意念堅定，堅決不從。在這之後，才發生了守娘被刺、痛苦致死的悲劇。守娘之死，因守娘弟弟來訪而東窗事發，當時主事的王廷幹原本打算袒護幕僚、掩蓋此事，還是受制於民眾的怒氣而無法遂意。最終此案上奏到府道，判婆家母女死罪，守娘之冤因此得到平反。

守娘的故事並未在這裡結束。守娘死後之事，《海音詩》、《臺灣通史》等文人記述裡談得簡略，只含蓄點到，守娘葬於昭忠祠，「屢著靈異，官以其惑民，為改葬之」——由於守娘死後屢屢顯靈，引起官府的重視，因此官方不得不遷葬守娘。這就是全部了。

迫使官方回應的「屢著靈異」，究竟是怎麼回事呢？

在當代學者記述的民間版本中，守娘死後因怨氣未消，因此顯靈害死了幕僚，又大鬧縣署、府署，甚至及於幕僚在中國的家眷。守娘之魂並未因此善罷甘休，引起眾神關注。有應公論理該管此事，但地位低微的祂對上守娘冤魂卻無可奈何，因此只好出動廣澤尊王調停。守娘接受調停，入祀節孝祠及辜婦媽廟，守娘的復仇才終於到此為止。

守娘的冤魂連有應公都束手無策，可見她身上所挾帶的怨氣是如何強大。她死後被遷葬一事，也顯示她的神異已經危及官方權威。儘管守娘是這般足以與官府、神明等官方力量對抗的高強女鬼，傳統價值依然能找到方法將她收編：守娘被冠以「節烈」之名，《臺灣通史》將守娘置於烈女列傳，後世傳述也留下她矢志不渝的高潔情操。

> 潔身終守玉無瑕。自嫁癡夫敢怨嗟。最痛姑嫜心太毒。不從責俏折瓊花。（因不肯失節。致姑凌遲而死。）
>
> ——赤崁西河逸老，〈坎南故事六首〉

陳守娘的故事曾被改編為歌仔戲《臺南烈女記》，日治時代即發行曲盤（唱片）。相較於陳守娘故事因「節烈」而得文人傳述，林投姐故事未見於歷史，卻也在戲曲中大放異彩。林投姐之事可能發生於光緒年間，但到了一九二一年片岡巖的《臺灣風俗誌》，才有初次的文獻記載。而在總督府一九二八年出版的《在臺灣的

臺南孔廟節孝祠中，佇立著滿滿的節婦牌位，包括陳守娘，上寫「欽褒節烈邑民人林壽妻陳氏守娘神位」，即便因婆姑欺凌而死，靈位上她仍是林家的媳婦。
攝影：謝宜安

中國演劇及臺灣演劇調》（臺灣に於ける支那演劇及臺灣演劇調），已可見林投姐故事的歌仔戲戲文。

從前臺南有一個女人，勤儉積存數百金，後來和一個泉州來的商人同居。這個泉州商人狡猾無情，哄騙她要去泉州作生意，將金錢攜走而一去不回。女人一再等到數年後才察覺被騙，又氣又憤終於自盡。她的陰魂不瞑目，每日傍晚在林投樹下出現。常常用冥錢向賣粽的擔販買粽。後來眾人才知是幽靈，致使無人敢通行這條路。後來臺南的仕紳相議，集資蓋一個小祠奉祀後，幽靈才不出現。這座小祠在現今臺南火車站附近里見醫院一帶凹地。去年開拓這帶時，林投被砍伐。因為這個幽靈在林投樹下出現，所以眾人都稱林投姐。

——片岡巖，《臺灣風俗誌》

《臺灣風俗誌》記載相對溫和，在戲文中，林投姐又更加強大：拐騙林投姐錢財的商人回到中國，林投姐冤魂窮追不捨，追到了負心漢的家中作祟，負心漢因此發瘋，殺害妻兒後自殺。

不安定的孤娘：椅子姑與金魅

厄運是使女人成為非凡女鬼的路徑之一，除此之外，女性在祭祀中的特殊地位，也使她們成了更接近於鬼的存在。

在傳統的祭祀觀念中，所有人死後都會化作一張神主牌。神主牌放在家中祠堂，由後代子孫祭祀。男性的神主牌在自家祭祀，女性則必須出嫁、在死後入祀夫家的祠堂。女性的生身之家，並不會祭祀她的神主牌，這就是俗語所說的「神明桌不置姑婆」。但是，並非所有女性都能夠踏上這條合法的受祀之路。有一些女性未嫁而死，或終身未嫁，因此沒有夫家祭祀她們。這些未嫁而死的女性會成為無祀的孤魂「孤娘」，繼續在陽間徘徊。這些孤娘若是透過冥婚或入祀姑娘廟，便可以歸於死後世界的秩序中。但在那之前，這些未嫁而死的女鬼們，都是神異界的不安定存在。她們可能因為缺乏祭祀、不合秩序，而為厲作祟。

椅子姑與金魅的傳說中，她們都是無祀的孤娘。但正是這樣無處可去的孤娘們，以她們的神異力量回應了人們的祈禱與召喚。

池田敏雄刊於《民俗臺灣》的〈關於椅仔姑〉（椅仔姑に就て）一文，談到了「椅仔姑」這一種臺灣民間的通靈儀式：女孩們在元宵或是中秋時齊聚在一起，在椅子上準備繪有五官的飯匙與供品，吟唱召喚椅仔姑的歌謠，請到椅仔姑來占卜問事。

椅仔姑，椅仔姊，請汝姑姑來坐椅。坐椅定，坐椅聖，奈有聖，水桶頭、拆三的、來作聖。

——池田敏雄，〈椅仔姑に就て〉

椅仔姑會敲擊回應女孩們的提問。傳說這名會回應女孩們、彷彿十分溫柔的椅仔姑，其實有著悲慘的身世。她是一名從小失去父母庇佑的幼女，不得不寄居於兄嫂家中，卻遭逢嫂嫂惡毒的虐待。嫂嫂把三歲的椅仔姑當成奴隸般使喚，不給她吃飯，強迫她必須坐在椅子上為灶生火。椅子姑終於不堪虐待，死在椅子上。在椅仔姑身體變得冰冷之時，嫂嫂才發現已經死亡的椅仔姑。但冷酷的嫂嫂並無傷心之情，也未舉辦像樣的儀式祭悼椅仔姑。

由於椅仔姑是受嫂嫂虐待而死，因此召喚椅仔姑的儀式僅限未婚少女參加，不許和嫂嫂身分相似的已婚女性參加。除此之外，要是在通靈過程中大喊「嫂嫂來了」，椅仔姑便會嚇得失去蹤影——即便已經化為神怪，她依然殘存著生前最深刻的恐懼。儘管擁有洞悉未來的靈力，椅仔姑的深處，仍是生前那個柔弱、無助的小女孩。

— 36 —

椅仔姑に就て

池田敏雄

一

關椅仔姑と稱する占ひは、內地の狐狗狸とよく似てゐる。これは病氣その他の特別の必要に迫られて行ふのではなく、一年のうちの限られた日に娘たちがたはいもないことを占つてたはむれる一種の遊戲的な占卜である。從つて罰会、靈乩、尫姨等所謂巫覡の徒の行ふ妖術とはちがひ、迷信的な弊害は認められない。

この占の出來るのは未婚の女に限られてゐる。女であれば子供でもかまはない。中でも兩親の揃つた娘が行ふと特によくのりうつつて來ると云はれてゐる。行ふ日は一月十五日の上元と、八月十五日の中秋で、

い四角な竹の椅仔を置く。これは低い方がよい。上に飯匙（飯杓子）を立ててゆはへつける。これは椅仔姑の顔になるので、飯匙の表面に目、鼻、口を描き、上には花簪をつける。又椅仔には赤彩（赤い彩）をかぶせ左右の袖は、羅補簱（籠にする割竹）をまるい輪にして中にとほし、前面で二つを合はせ、これにも赤い花をさして娘の姿に似せる。かうして椅仔姑が出來上ると、この前に水桶を伏せ、鼎蓋（鍋蓋）を置く、上には臙脂、白粉、花、菓果三つ、鋏、物差、米管（枡の一種）等を供へることになつてゐる。

二

かうして用意が整ふと、娘二人は竹椅子の脚を一方づつ握り、皆で次のやうな歌をとなへて椅仔姑の神靈を招くのである。

椅仔姑、椅仔姉、請汝姑姑來坐椅。坐椅定、問椅聖、奈有聖、水桶頭、拆三的、來作聖。

文献紹介

1941 年創刊的《民俗臺灣》為臺灣第一分探討臺灣民俗與民俗學的專門刊物，其中多次刊載「椅仔姑」相關文章，包括池田敏雄〈椅仔姑に就て〉與吳槐〈椅仔姑考〉。

金魅的故事也見於《民俗臺灣》。宮山智淵〈金魅〉一文，記載了一種名為「金魅」（キンツアイ）的妖怪。此詞今出於方便，寫作「金魅」。金魅原名金綢，是一名富家的婢女，即「查某嫺」。金綢做事勤快認真，她所侍奉的富人妻子卻百般虐待她，使金綢不堪虐待而死去。在那個時代，查某嫺宛如物品，因此富人妻子只是草草埋葬了金綢，打算再買一個查某嫺來取代她。但金綢死後，奇異的事發生了：失去查某嫺的富人之家，仍然十分乾淨，宛如有人在打掃。然而新買來的查某嫺，卻在房內離奇蒸發，只留下頭髮與耳環——原來金綢死後，仍繼續工作，但是作為代價，她每年要吃一個人。

富人妻子很快意識到，金綢因「未嫁而死」無法投胎，因此持續在人間作祟。富人妻子與金綢達成協議，她設牌位祭祀金綢，金綢則繼續工作。至於金綢需要的「食糧」，富人之妻會準備好。

這即是金魅的由來。金魅的故事，也是一名無人祭祀的孤娘，因流連人間作祟、並因此得到祭祀的故事。

正是因為存在著「未嫁而死的孤娘容易成為厲鬼」這般的看法，因此才需要冥婚與姑娘廟。透過冥婚，孤娘可以找到得以安放神主牌的夫家；藉由姑娘廟，孤娘們可以在自家之外，名正言順地享有香火。因此未嫁而死的女鬼若顯靈討祀，民間便有可能建廟祭祀她。彰化伸港張玉姑廟便是其例。據傳張玉姑原是落水而死的少女，化為女鬼後屢屢顯靈求祀，地方人士集資建廟後，怪事便不再出現。這是發生在一九五〇年代的事，可知「應祭祀作祟孤娘」的想法，彼時仍深入人心。

若說近一點的孤娘之例，則有高雄旗津的「二十五淑女墓」。一九七三年，一艘渡輪翻覆沉沒，使船上二十五名未婚女性不幸罹難。這些女性皆任職於加工出口區，她們的死亡，實是反映臺灣勞動環境中的性別問題。官方為這二十五位女性建了墓，既是表達重視，也是出於「讓無人祭祀的女性亡魂有棲身之所」的民俗考量。即便如今，二十五淑女墓已響應性別觀念的變遷，更名為「勞動女性紀念公園」，此地仍流傳女鬼傳說：據說單身男子騎機車經過墓前，便會無故跌倒。這是來自未婚女鬼們的招呼。

這樣的當代傳說，有獵奇與玩笑的成分。民俗的莊嚴成分逐漸淡去，女鬼時而化作都市傳說，餵養著當代人渴求怪力亂神的胃口。

當女鬼在故事裡復活

一九二〇年來到臺灣的佐藤春夫，寫下一系列臺灣故事。其中〈女誡扇綺譚〉一篇，講述一段綺麗的遭遇：敘事者來到臺南港邊，誤入廢棄的洋房大宅，聽見了一句不似人言的泉州話：「怎麼了？為什麼不早點來呢？」那可能是來自女鬼的呢喃，因為就在這座廢

宮田彌太郎畫作〈女誡扇綺譚〉靈感來自佐藤春夫的同名小說，描繪一位苦等未婚夫歸來的幽靈女子。該畫入選昭和十年臺灣美術展覽會東洋畫部，收錄於《第九回臺灣美術展覽會圖錄》（臺北：財團法人學租財團，1935）。
圖片提供：財團法人陳澄波文化基金會

棄大宅裡，曾有發瘋的千金小姐陳屍腐朽。

敘述者身邊的臺灣友人相信他們看到了女鬼，敘述者則對怪談嗤之以鼻。儘管如此，他卻喜愛其中的異國情調：「留在廢屋或廢墟裡的倩女幽魂，是支那文學中的一種模式。對這個民族來說，光這一點就很能引起同感。然而，對我來說，卻起不了作用。」接著，敘述者發表一番對於這個故事的美學分析：「情節美麗處有醜陋並存，野蠻之中帶著近代性。」

在佐藤春夫筆下，徘徊的女鬼不是真實存在，而是中國文學中的常見主題。對身在此文化中的人們來說，女鬼是真的；但對佐藤春夫這般帶有距離的異國視角而言，女鬼是吸引創作者的綺麗幻想——對今日的我們，或許也是如此。隨著現代化浪潮襲來，性別平等呼聲漸高，昔日束縛逐步鬆綁。如今的我們已經逐漸脫離女鬼的民俗脈絡，但女鬼故事並未因此死去。女鬼的幽魂仍徘徊在記憶之中，將島嶼上女性曾有的悲慘過去，帶到當代人眼前。

這些美麗而哀傷的故事，曾在噤聲年代一度被遺忘，也在當代，作為「臺灣故事」再度甦醒。作者們藉由重寫女鬼，思索這座島上的女性們，那些應該或不應該擁有的命運。作家李昂《看得見的鬼》召喚各方女鬼，顯影現實女性悲苦，其中也有眾所熟知的林投姐傳說。漫畫家小猫猫的《守娘》藉由清朝少女之眼，看見彼時卑微女性的人生百態。作家楊双子與漫畫家星期一回收日合作，在短篇漫畫〈地上的天國〉中，呈現冥婚框架下的百合情誼。新日嵯峨子的《金魅殺人魔術》則將妖異傳說融入類型，化「金魅吃人徒留頭髮」的情節為密室推理……

女鬼身影並未淡去，至今日仍折射出多種色彩，持續激發更豐沛的創作能量。不幸的女人們已經死去，女鬼的傳說，卻成了她們生命的延長，在當代的新故事中不斷新生。

參考書目

小猫猫，《守娘》（臺北：蓋亞，二〇一九）。

片岡巖，《臺灣風俗誌》（臺北：臺灣日日新報，一九二一）；陳金田、馮作民譯，《臺灣風俗誌》（臺北：大立，一九八一）。

石萬壽，〈府城街坊記：大南門〉，《臺南市刊：e代府城》第三一期（二〇〇八年七月），頁六六—六九。

池田敏雄，〈椅仔姑に就て〉，《民俗臺灣》第一卷第二號（一九四一年八月），頁三六—三八。

李昂，《看得見的鬼》（臺北：聯合文學，二〇〇四）。

赤崁西河逸老（林逢春），〈崁南故事六首〉，《三六九小報》第一六期（一九三〇年十月），頁二。

星期一回收日、楊双子，〈地上的天國〉，《綺譚花物語》（臺北：臺灣東販，二〇二〇），頁五—四七。

宮山智淵，〈金鬼采〉，《民俗臺灣》第二卷第二號（一九四二年二月），頁二三—二五。

連橫，《臺灣通史》（臺北：臺灣通史社，一九二〇）。

陳玉安編劇，清香、碧雲等錄音，《臺南烈女記》前集、後集（臺北：紅利家唱片，約一九三〇年代），收錄於「日治臺灣曲盤數位典藏計畫」。

黃淑卿，《林投姐故事研究》（臺南：成功大學中國文學所碩士論文，二〇〇六）。

【小專欄】

林投姐故事之多重解讀

陳彥伃

「林投姐」這則源遠流長的鬼故事，自清光緒年間口耳相傳，到了日治時期轉化為書面文字：一九二一年片岡巖以日文記載於《臺灣風俗誌》，一九三六年經文人朱鋒潤飾寫成〈林投姉〉，收錄於李獻璋編《臺灣民間文學集》，直到一九五〇年代廖毓文〈林投姐〉以仿章回小說的形式出現，而後不斷被各時代作家改編，像是一九七〇年文亦奇〈樹下怨婦〉，兩千年後有李昂〈林投叢的鬼〉、紀羽綾《林投記》……一隻生前飽受冤屈，死後渡海報仇的女鬼，跋涉百年時空仍不被人們淡忘，足見女鬼林投姐在臺灣本土歷久不衰的「人氣」。

「林投姐」從最初被日本人視為臺灣人迷信而留下的文獻記載，轉化為文人為了保存本土文化進而採集潤飾的民間故事，直至作家們擴寫成小說，歷經一代又一代的傳誦與書寫，這則鬼故事的虛構性也不斷被鍛鍊延展，衍生出更多版本。最為耳熟能詳者，當屬吳瀛濤〈林投姊〉的「冥紙買粽」、廖毓文〈林投姐〉的「渡海報仇」版本；楊雲萍〈臺灣今古奇談：鬼女買粽子〉和李昂〈林投叢的鬼〉中甚至旁伸出「棺中產子」的情節，而林衡道〈臺灣的民間傳說〉所主打的「岸邊望夫」則自成一派說法，因眾說紛紜更顯得鬼影幢幢。

隨著作家們的想像與發揮，這則鬼故事也拓展出更多元的詮釋空間。例如林衡道版本認為，林投姐故事源自中國沿海一帶的「望夫傳說」，徘徊岸邊盼望丈夫歸來的女鬼，是當地婦女面對丈夫出海生死未卜命運無奈的縮影。也有人藉鬼故事延伸出歌頌母愛的正面意涵。像是楊雲萍的奇談，敘述女鬼徘徊林投樹下用冥紙買粽，是為了餵食棺中產下的幼子，引申出不因生命消逝而磨滅的母愛；這則鬼故事不但被刊載於兒童少年雜誌《東方少年》，甚至以注音符號標注內文。而其中最典型的解讀，當屬「女鬼報仇象徵女性受父權社會壓迫的反彈」——因為女性在現實中遭遇的種種冤屈不得平反，所以只能化作女鬼，透過超自然力量向父權社會表達不平之鳴。林投姐作為傳統社會弱勢女性的代言者，隨著歷代作者價值觀的與時俱進，回應父權社會的姿態，也逐漸有了變化。比如李昂〈會旅

五〇年代報紙上的《林投姐》電影廣告，主打「臺語片王」與「本省故事」。
圖片提供：國立公共資訊圖書館數位典藏

行的鬼〉則融入林投姐的角色遭遇，續寫女鬼「報仇之後」踏上獨自旅行之路：女鬼不再一心想著報仇洩恨，滿腹對負心漢的怨念，取而代之的是心之所向的探問，以及探索世界的期盼。

儘管林投姐故事隨著時代不斷變異翻新，也因此發展出多方解讀，不變的卻是讀者、論者們放眼臺灣的共同關懷。這則故事，折射出臺灣社會議題的縮影，也將隨著人們看待時代議題的眼光，在臺灣本土持續成長茁壯。

女巫．女力．巫師袋：部落傳唱的靈韻之聲

巴代

觀察或研究卑南族社會制度與文化現象，有兩項特質值得注意：一是巫覡文化的盛行，一是兩性平權的日常實踐。從最早較有系統的文獻紀錄、日治時期臺灣總督府編纂的《番族慣習調查報告書》，以及其後的各種調查報告與研究論文中，都能輕易地在篇章中取證，即便在今日的歲時祭儀與日常生活實踐中，卑南族各部落裡那種男不尊、女不卑、各司其職、各盡本分的拿捏，也是極容易觀察得到的現象與特質。

卑南族的巫覡文化

在卑南族大巴六九部落的巫師，有女巫以及男巫（覡），部落與巫有關的信仰、禁忌、儀式與醫療，都必須透過巫、覡來進行，可以統稱這類的信仰與實踐為「巫覡文化」。被揀選為巫師的候選人出現「徵兆」以及Bulavat（成巫、結巫袋儀式），便是其中一個非

常重要的環節。

男巫因為掌握氏族的祭祀與部落公共事務所需的占卜、祭祀與祝禱，通常由rahan（部落祭司）擔任。部落祭司屬於終生職，當他過世時，繼承權只限於家族內部，方式為「兄終弟及」，確保由單一氏族內部傳承。繼承與正式成巫時，由部落女巫以及長老群見證一種名為「扶立」的儀式，類似登基儀式，主要是周知部落，並接受他從此擔任部落祭司一職。日後其祭祀程序與方式，可由部落資深女巫指導，多屬於公共祭祀、祝禱等「公眾巫術」，作用與功能遠不如一般女巫所能進行的巫醫、巫術儀式那般隱晦、複雜、深邃與充滿想像。這原因，一方面是女巫在成巫前，會出現令人驚詫的，難以理解的徵兆——夢境或異象；二方面是女巫所擁有的力量，其傳承體系既源遠、龐雜又極具傳奇與故事性。

女巫又如何成為一個女巫呢？當一個女孩、女生、婦人出現一些不尋常的夢境與異象，並伴隨著生病，難以現代醫學對症下藥時，一般會被認定是一種「成為巫師」的徵兆，必須由資深巫師群，仔細地觀察評鑑與確認。這個徵兆因人而異，部落一位資深女巫Seden年輕時所出現的徵兆，是頻繁地看見地表下一些死後埋入的人，他們有的已經腐爛，只剩骨架，卻還會向她招手；一些臉部表情沒完全腐爛的，還會對她擺出詭異的笑臉；有的會伸出像榨菜一樣、顏色黯沉又不完整的舌頭扮鬼臉。

這個情形斷斷續續出現了半年多，而且幾乎是隨處可以看到那些異象，以至於身體迅

一九二〇年代後期，音樂家林氏好與鄭有忠拜訪屏東三地門原住民部落進行音樂交流。

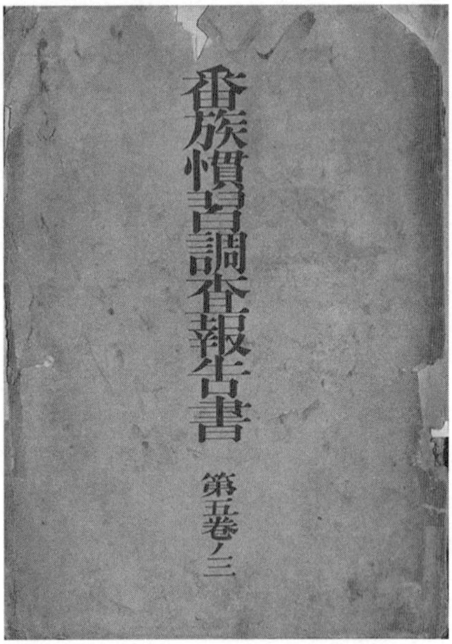

臺灣總督府臨時臺灣舊慣調查會於 1915 至 1922 年間出版《番族慣習調查報告書》，共五卷八冊，關於原住民各族之社會組織、親屬關係、法制慣習等。

正在進行祝禱儀式的卑南族女巫。
攝影：巴代

速衰頹。她感到恐懼、害怕卻又不敢也不知道該怎麼跟家人說。為了避免忽然看見那些異象，她總是刻意地半抬起頭，保持視線的平視與遠視。直到有一個大白天，她恍惚地呈現瘖寐狀態，看見一顆顆頭顱排列成隊，由遠向近朝她臉上靠近，又忽然左右分散，離去又靠近，她過度驚嚇地昏了過去。醒來時，家裡已經聚集了部落的十幾個巫師，幾位資深女巫正在占卜確認她成巫的可能。而後的七天時間，每晚入夜後，巫師們為Seden進行Ya'ulas（召喚巫靈的吟唱）儀式，讓她習慣與她所繼承的巫靈接觸，彼此熟悉接觸的反應，而後結巫袋、成為巫師。日後繼續接受年度固定的培養訓練以及執行日常的巫儀，一直到她過世。

巫術之前，人靈平等

二〇〇五年六月六日，我在卑南族大巴六九部落的一戶人家院子裡，記錄了一場成巫儀式，其奇特之處在於，這是為死去的巫師所進行的儀式。既然是一位巫師，為什麼還要再做一場使其成為巫師的成巫儀式？既然是已經死去的人，現世的巫師又如何為她進行猶如為新進巫師結巫袋的儀式？

當時，他們家人有幾位陸續出現頭疼、暈眩的情形，尤其是說閩南話的大媳婦，還伴

迎靈祝禱用的相關物件。
攝影：巴代

隨著夢囈與日常高頻率出現的恍神狀態。他們先後就醫卻查無病兆，折騰了近一個多月，最後按慣例去了臺東大橋旁，一間主祀地藏王菩薩的大廟功德宮問乩，得知先人墳墓恐有傷損、異動。隨後家人們到墓地探勘，果然發現母親的墳墓有異樣。在面對墓碑的右側，大約就是左腳的方向，坍塌、陷落了一個窟窿。他們聯想到也許是四月一日卑南地區發生的五級地震所造成的。

他們決定補救，遂又去大廟扶乩想問個清楚。他們問母親的亡靈，是不是因為地震的關係讓她的墳墓塌陷，所以來找子女處理，使得他們都生病、不舒服？生前是部落資深女巫的亡靈回答說不是，是因為她入葬時，她的 Lavat（巫袋）沒有跟隨著下葬，最近實在耐不住對 Lavat 的思念，火氣都上來了，所以抬了腳不小心踢壞墳頭。子女問那要怎麼辦補救？亡靈只回說她要巫袋，至於怎麼讓祂重新得到巫袋，無論如何問也問不出個所以然，廟祝建議他們回部落問當地的巫師。

既然巫師的亡靈要索回她的巫袋，該怎麼辦呢？他們前去拜訪部落的巫師 Seden、A-ngu、Gigu 三人。這下難倒了老巫師，為在世的生人進行成巫儀式、結巫袋的程序複雜但她們熟悉，而要為一個已經過世的巫師結巫袋又如何可行？於是 A-ngu 念禱召喚亡靈詢問可行的方案，最後三個巫師商議決定採取對新進女巫的方式，先進行 Ya'ulas，召喚亡靈與她所繼承力量的亡靈們，再為亡靈結巫袋，讓家人修繕墳頭時一併埋進墳裡。

儀式時間選在大家有空的六月六日。當天，那家人在院子旁的樹蔭下設置一張桌子、椅子供女巫們準備檳榔、陶珠及針線布疋，閩南媳婦也來幫忙。其餘前來幫忙的男性包括鄰居，則在院子另一頭起了爐火，並準備茶水以及殺豬（此處僅以現成的大肉塊替代，象徵殺豬慰勞巫師）。儀式過程除了巫師祝禱詞的念誦聲，在吟唱巫歌召喚亡靈時，院子還出現一些的騷動，附近鄰居的犬隻開始嗥叫，那媳婦一直處在近乎崩潰的哭泣中，邊哭邊說她又不是這裡的人（原住民），又聽不懂她們（巫師）在唱什麼，她怎麼會這麼思念、傷心，一直哭個不停？巫師 Gigu 安慰她說：「妳婆婆正坐在妳旁邊，妳當然會感受到這些啊，妳們感情不是很好嗎？沒事的，妳也將好起來，不生病了。」

這個儀式召喚了幾個不同時代的亡靈，過程非常順利。巫師解釋是因為亡靈太想念她的師父們，也太急切想要擁有新的巫袋，所以召喚的歌謠才起音進行第一段，祂便現身現場，以至於她的媳婦因為「靈觸反應」陷入哀傷而哭泣不停。

儀式進行的過程，反映出卑南族文化的幾個特質。一是，男女分工。同樣是儀式，部落祭司作為男巫，並不會插手或介入女巫們的工作，他若到現場，也只能跟著其他男人幫忙打雜，就像部落男人執行「大獵祭」或「成年祭」的時候，部落婦女會接下所有的雜事。公領域與私領域有明確的界定，男女各司其職，各盡其力，既不推託也不干預。二是，親友鄰居主動協助，幫熱鬧或一起分憂解勞。儀式或者婚喪喜慶的現場勞務，通常不需要有人指揮，大家各自找適合自己的位置來幫忙。三是，卑南族人與亡靈、生魂的關係總是和諧又接觸頻繁。巫師總是想盡辦法召喚不同的生魂、死靈來協調解決生人或亡靈的困擾，這對於其他民族而言應該是很難想像的事吧。

靈韻生動的女巫文學

與這樣的儀式現場有著相似的召喚巫術，卑南族的文學作品總有一種靈韻，一股自然、不經意呈現出的溫柔、堅毅與和諧。隨處可見生動、張力地上演著奇幻、詭厲的巫術情境，是那樣的優美、宜人又富有女性氣質。以巴代的長篇小說《巫旅》為例：國中女生梅婉，一日發現自己驚人的女巫特質與巫力，她試著編寫咒語而穿越時空卻陷入無法返回的窘境，她傳遞訊息向也是巫師的祖母求救，但祖母因為不了解穿越巫術，只能召喚其巫師祖宗神靈。當召喚而來的四位祖先神靈出現在梅婉周遭時：

梅婉忍不住地輕輕哭泣與猛流淚，她感到不解的看著那四個微笑不語的老奶奶，一顆心被哀傷腐蝕掏空似的繼續哭泣與流淚。哭泣聲中，梅婉似乎聽見了一陣陌生卻熟悉、極柔軟極溫暖的聲音，合音似的、共鳴似的，輕輕卻異常清楚地在耳邊響起：

初出道者，初學者呀／思念如此，哀傷至此／憐憫為何？哀矜何由

是個機緣，是個安排／從極遠處，從邈遠地／那娃娃啊，這孩童呀

……

是個寓意，是個指示／從遠古來，從根源來／那老耄者，這長齡者

歸祖靈者，從雲遊者／思念如此，哀傷至此／憐憫為何？哀矜何由

……

沒等念誦完，梅婉早停止了哭泣，她無法聽懂這些老人發出的聲音，那種夾雜著古老卑南語原始聲腔的意思，但覺得自己一股歡愉溫暖不知何時從身體某處蔓延擴散，

她一動也不動的看著眼四位老者，忽然開裂著笑臉，充滿著幸福感覺而淚流滿面。

而在另一部長篇小說《白鹿之愛》中，部落男子即將上戰場前，部落女巫們準備做一場「增強力量」的巫術。巫師群在做了敬告祝禱後，將事前準備的以苧麻細繩串兩顆陶珠的繩帶，鋪展在幾張小姑婆芋葉上，數量剛好夠每一個參戰男人環戴一條在手腕上。老巫師指導著年輕的巫師：

「路格露啊！我眼花手拙的，我看這個就由妳來幫忙把這些繫上他們手腕上！」資深女巫體貼的說。

「我……」路格露忽然耳根子熱了起來，從剛剛進到巴拉冠廣場，她已經偷偷地看了馬力範好幾眼，心想著一定要親手為他繫上這個陶珠串，沒想到這資深女巫讀出了她的心意，讓她是既高興又羞澀。

她又害羞的半低著頭看著馬力範的右腕，然後取過一條陶珠串，細心的、溫婉的繫上，又不自覺地輕輕撫了撫馬力範粗壯的手腕。她想起，就是這個強有力的手臂，從水中抱起了她的身體，也從此抱起了自己的一顆心；是這個手腕為她獵得了一頭白鹿，讓自己暗許從昨夜而後，將永遠屬於這個男人。

你要好好保重啊！奮力殺敵啊！親愛的！路格露忍不住激動，心裡幾乎是吶喊著說。

作為女巫者，在戰爭或關乎個人與部落的大事中，因為擁有巫師袋所扮演的角色與責任，固然被賦予深厚的期望，她們也竭盡所能勇於擔當。而作為女性，那些亙古的性情與感情本能，依然如一般女性時不時自然流露，那樣柔弱與傾流，那樣溫暖又堅定。這或許正是卑南族大巴六九部落女巫在其民族文化與歷史責任中，令人尊敬與愛慕的原因。

參考書目

巴代，《Daramaw：卑南族大巴六九部落的巫覡文化》（臺北：耶魯國際，二〇〇九）。
巴代，《白鹿之愛》（臺北：印刻，二〇一二）。
巴代，《巫旅》（臺北：印刻，二〇一四）。

延伸閱讀

巴代，《吟唱．祭儀：卑南族大巴六九部落的祭儀歌謠》（臺北：耶魯國際，二〇一一）。
巴代，《馬鐵路》（臺北：耶魯國際，二〇一〇）。
巴代，《笛鸛》（臺北：麥田，二〇〇七）。
巴代，《斯卡羅人》（臺北：耶魯國際，二〇〇九）

第二章　日治殖民・摩登新女性

尋找散落的珍珠：一張近代臺灣女性的文學書寫地圖

洪郁如

從識字到文學的一張入場券

文學是什麼？教育部《重編國語辭典修訂本》做了這樣的定義：「廣義泛指一切思想的表現，而以文字記述的著作；狹義則專指以藝術的手法，表現思想、情感或想像的作品。」然而，從文字記述到藝術手法，從識字到文學，對近代臺灣女性而言，都是一票難求的入場券。

識字，是書寫的第一關卡。即使是清治時期臺灣士紳家庭，和男性一樣接受書房教育的臺灣女性並不多見。科舉的仕宦之途，一向是男性的專利；唯少數出身書香門第的臺灣女性們，幸運受獲得進私塾的機會，或就教於家中長輩。書房教育以臺語等母語傳授漢文，一般從《三字經》、《千字文》之類起步，循序進階至詩文與古典漢籍。根據臺灣總督府統計，一八九九年全島接受漢學教育女生為一百二十六人，只占全體書房學生約〇・

五%。日治時期之後，臺灣總督府逐步打壓書房教育，將臺人的教育主軸轉移到日本殖民教育體系，初等教育機構分為臺人就讀之公學校，與日人就讀之小學校。我們可以在性別上發現一個有趣的現象：就臺灣男性來看，隨著公學校學生數增加，就讀書房人數逐漸降低，但女性則呈現不同的變化，當書房和私塾教師數量劇減到一八八九年的十分之一左右時，就讀漢文書房的女性人數卻節節高升，一度在一九三一年達到八百六十二人。

漢文被排除在公教育之外，具有漢學素養的臺灣女性們乃以傳統詩社為中心，持續交流創作活動。比如著名漢文詩人蔡旨禪，她的詩作屢見於報紙雜誌，日後又獨立成為漢文教師，開設漢塾「平權軒」，亦受聘於霧峰林家，擔任望族女眷之家庭教師。臺人教育逐漸被吸收到日語文壟斷的殖民地學校教育的過程中，在漢和交疊的時代裡，也曾出現少數像黃金川一樣兼具漢、日文造詣的女詩人。她幼年受漢學教育，後入讀東京精華高等女學校，並在一九三〇年代出版了臺灣女性第一本漢文詩集《金川詩草》。其中〈女學生〉一詩自述不願埋首閨閣、毅然赴笈東京，期待男女智識並駕齊驅的心境，但也同時感嘆恐等不到女權平等之日，因為一旦嫁人，再出色的才學也將付諸東流：

詎甘繡閣久埋頭，負笈京師萬里遊。

雌伏胸愁無點墨，雄飛跡可遍寰球。

黃金川被譽為「三臺才女」，年少留日，回臺後研習漢學並致力於詩的學習和創作(上圖)。蔡旨禪被譽為「澎湖第一才女」，詩書畫皆擅長，也是漢文教師（右圖）。詩人肖像出自1933年林欽賜為第九回全島詩人大會編輯的《瀛洲詩集》。

書深莫被文明誤，學苦須從哲理求。
安得女權平等日，漫將天賦付東流。

從日本殖民地教育體系來看，其實能夠上公學校的臺灣女孩依然是少數。一九一五年以前女性學齡人口中的就學人數僅占一—二%；到了三〇年代前期所謂殖民地近代化上軌道的時代，也不過二〇%；進入中日戰爭期的一九三八年之後，才微升到三〇—四〇%；一直到太平洋戰爭時期，實施義務教育的一九四三年，好不容易達到六〇．九五%。但是我們必須考慮到輟學率之高，以及城鄉差距之大，實際能夠順利完成初等教育階段的女孩，已經是天之驕女。

出生於彰化貧苦勞動家庭的革命家謝雪紅，沒有機會上學，認字完全是自學而來，在替日本人帶孩子的時候，學到幾個日本字，然後用小竹枝在地上練習。晚年在楊克煌為她代筆的自傳《我的半生記》中，她感嘆：「有些字雖然認得卻不知道怎麼寫，我寫的東西也不敢拿出來給人家看。不會寫字算是我一輩子最大的痛苦之一吧。」

不論傳統漢文的書房教育，或是殖民政府帶來的新式教育，以全臺規模來說，能夠接受教育的女孩，可以說是幸運的一群。

作文、日記與書信構成的書寫光譜

讓我們聚焦在這一群上學的女孩，從識字到閱讀與創作，要走多遠的路程呢？一種語言，要學習到怎麼樣程度，才能我筆寫我思呢？從清治時期到日治，再到中華民國期，屢次的政治變動造成臺灣近現代社會一個不連續不完整的言語狀態，而要跨過書寫創作的門檻，在女性群體顯得難度更高。因為要追尋一個連續又完整的言語書寫能力，除了出身家庭與階層需具備文化資源，經常還要挑戰男尊女卑的觀念。

運用一種語言書寫的純熟度，自然與沉浸在該語言環境的長短息息相關，不管是漢文或是日文皆如此。日語並非臺灣人兒童的母語，即使有機會上學，若缺課多甚至輟學，未能接受完整的初等教育，要能隨心所欲地作文，並非易事。能夠獲得基本書寫能力的臺灣女性，或為個人秉賦與努力，或為城市地區學校，或出身重視教育的家庭，或在畢業後自修自習，或進入高等科或高等女學校繼續深造的成果。

我們經常直覺認為，受過日本教育就是日語文使用者，其實不然。許多接受過日本教育的長輩們表示，即使公學校畢業，日文能力依然有限。在訪談中，也聽到一九三〇年代中葉之後出生的戰前世代感慨：「我不會用大人的日語，比我大幾歲的兄姊，有讀到中學、高女的不一樣。」他們在一九四五年日本殖民統治結束時，還未及習得完整日語文教育的

黃鳳姿身著中學制服，攝於 1943 年，
出自其作《台灣の少女》。

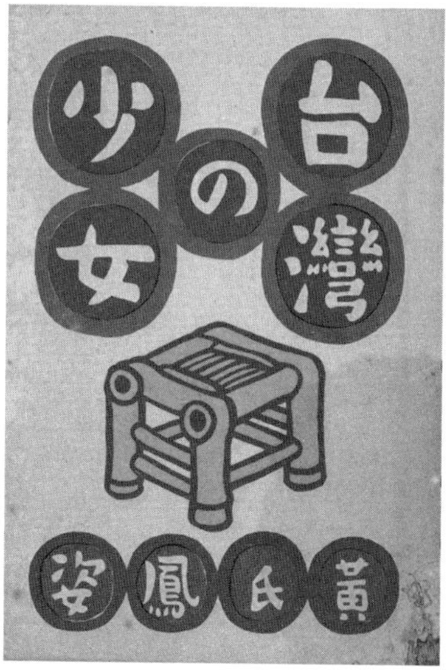

黃鳳姿受到學校教師池田敏雄的鼓勵，陸續寫下對於臺灣民俗的生活觀察，於十二歲時出版第一本書《七娘媽生》，封面與內文插畫由同班同學陳鳳蘭所繪，第三本書《台灣の少女》則於 1944 年獲日本文部省推薦。

年紀，卻又馬上要學習中文，接續戰後中華民國教育體系。事實上，即使高女畢業生，能否達到日語文駕輕就熟的境地，也與個人環境與經歷息息相關。

從作文、日記、書信到文學創作，可以視為日治時期女性書寫經驗的一個連續光譜。被譽為文學少女的黃鳳姿，出身艋舺的書香世家。她就讀龍山公學校時寫的作文〈冬至圓仔〉（おだんご），得到老師池田敏雄的讚賞，於是在西川滿等幾位文學界名人的鼓勵下，開始以臺灣女孩的角度，描寫傳統家庭生活與民俗文化，並登載於文學雜誌上。這些文章在她公學校時期集結為《七娘媽生》、《七爺八爺》二書，考進臺北第三高女之後，又出版了《台灣的少女》（台灣の少女）。在這一系列作品中，交雜了作文、日記與書信之不同形態。然而同世代女生們，能在求學階段公開發表作品的例子可說非常罕見。

作文、日記與書信，是女學生們最常見的書寫表現。許多與學校相關的資料中，都可以發現她們留下的文字。日治時期招收較多臺灣女生的臺北第三高等女學校，在一九三三年的《創立滿三十年記念誌》專刊中，彙集多篇在校生與畢業生的精彩文稿，但是這種登場機會並不多，比較常見到她們文字的，反而是各地高女同窗會雜誌或是會報，但這大多已經是戰後的事了。此外，在中央研究院臺灣史研究所的努力下，幾位日治時期臺灣女性的日記終於得以公開，如《楊水心女士日記》、《郭淑姿日記》以及高慈美女士日記與書信。這些臺灣女性的日記，不僅是歷史研究的一手史料，若以文學書寫的角度來細細閱讀，更可以品味出一字一句存在本身的意義。

在婚姻夾縫中尋找舞臺

這群接受日本教育的新女性，畢業後如何確保創作的空間，又如何找尋展演的舞臺呢？

早婚的時代裡，走出校門後女孩們的單身時代往往是短暫的，在周圍的期待下，很快地走進了婚姻生活。畢業於臺北高等女子學院的楊千鶴，偶然透過同樣愛好文學的日本友人介紹，認識了當時《臺灣日日新報》文化欄的主編西川滿；之後她投稿〈哭婆（なきばば）〉一文刊載於西川主辦的《文藝臺灣》雜誌，實力受到肯定的她，進入日日新報社，成為臺灣第一位女記者。一九四一年之後，除了《日日新報》，她的作品也廣見於《臺灣時報》、《民俗臺灣》、《臺灣公論》等雜誌。她在回憶錄提到：「當時臺灣女性寫文章的人幾乎沒有，又是臺灣最大的『臺日報社』的記者，顯得突出吧，在當時的所謂臺灣文壇我有被寵愛的傾向。總是消極地被邀稿才寫，從未自己投稿。」

楊千鶴經常藉由短篇文稿，反擊日人對臺灣文化的歧視性詮釋，並提出極具主體性的見解。在字數限制與戰爭時期的思想統制下，竟能不挑起民族敵意與政治干涉，其書寫技法拿捏極為巧妙。辭職後發表的成長小說〈花開時節〉（花咲く季節），既是少女楊千鶴的自白，也是臺灣女性意識的啟蒙宣言：

畢業與結婚，對於年輕的我們而言，似乎只有一牆之隔。不到一年，就有好幾個同學，帶著喜糖，或是拿著喜帖到學校裡去分送。我也曾經參加過兩次在蓬萊閣辦的喜宴，而屈指一算，班上同學竟有一半出嫁了。他們在學校就很熱中於準備出嫁的事情，我固然了解她們是在和順地追求屬於一個小小角落裡的幸福，但仍總覺得她們未免太過單純（或許有人會斥責我，但至少給與我這樣的感覺）。輕輕易易地出嫁，總使人覺得好像少了一點什麼。

女人的一生，不就是從嬰兒期，經過懵懂的幼年期，然後就是一個接一個學校地讀個沒完，而在尚未喘過一口氣時，就被嫁出去，然後生育孩子……，不久就老死了。在這過程之中，真的可以把意志和感情完全摒棄，將自己託付給命運的安排嗎？

辜顏碧霞的《流》（ながれ），是戰前少見由臺灣女性所執筆，並得以出版的長篇小說。一九一四年出生於的她畢業於臺北第三高女，並嫁入鹿港辜家，成為辜顯榮長子辜岳甫之妻，不料在二十三歲那年丈夫病逝。這本以豪門媳婦為女主角的小說出版於一九四二年，描述三妻四妾的大家族複雜的利害關係，淡淡地控訴著家父長制與性別規範下的重壓。但這本帶有強烈自傳色彩的小說，在出版後立即遭家族全數回收，一直到一九九九年才以中譯本的方式重現文學界。

我們可以看到，殖民地政治環境與傳統社會性別規範下，臺灣新女性即使能純熟地運用日語文能力，她們能得到的文學展演機會非常有限。除了少數作品見於戰前報章雜誌，大部分的女性文字書寫散落四方，可能在殘缺不全的同窗會雜誌上、戰前戰後的短歌同人組織裡，也可能深藏於自家房間抽屜的日記本中。

如何描畫一張近代臺灣女性的文學書寫地圖？

《婦女界》是日本戰前四大婦人雜誌之一，在一九三六年六月號與一九三七年二月號曾刊登兩篇來自臺灣的投稿，細膩入微地描寫了臺灣女性從懷孕臨盆，一直到產後的育兒經驗。作者蕭華子是蕭聖鐵教授的母親，潘招治的日本名，公學校畢業後在高雄市擔任電話交換手（接線生），可說是時代先端的職業新女性，配偶是戰後臺灣大學經濟學系教授蕭其來，當時在臺南州新市公學校擔任訓導。戰前日本內地眾多的雜誌上，不時刊載有殖民地臺灣女性的稿件，但若沒有其他佐證，要判別作者真實身分經常是困難重重。

在追溯臺灣女性念書識字到文學表現的這條坎坷之路後，再重新回到展現在眼前的文學作品，更能準確地描繪這張近代臺灣女性的文學書寫地圖。首先，在這張地圖上最絢爛奪目的中心區塊，是漢、日文女性詩人們的心血耕耘；接著我們可以辨識到區塊周緣上，界限模糊，未必被認知為是文學，卻四散在島內、島外，以複數形式呈現的女性書寫；那麼，地圖上的大片留白呢？那是在這裡走過一生的她們，條件未全，文字未現，作品書寫誕生前的空白空間。

參考書目

洪郁如著，吳佩珍、吳亦昕譯，《近代臺灣女性史：日治時期新女性的誕生》（臺北：臺大出版中心，二〇一八）。

許佩賢，《殖民地臺灣近代教育的鏡像：一九三〇年代臺灣的教育與社會》（臺北：衛城，二〇一五）。

游珮芸，《日治時期臺灣的兒童文化》（臺北：玉山社，二〇〇七）。

辜顏碧霞，《ながれ》（臺北：原生林社，一九四二）；邱振瑞譯，《流》（臺北：草根，一九九九）。

黃金川，《金川詩草》（上海：中華書局，一九三〇）；《正續合編金川詩草》（臺北：中研院文哲所，一九九二）。

黃鳳姿，《七娘媽生》（臺北：日孝山房，一九四〇）。

黃鳳姿，《七爺八爺》（臺北：東都書籍臺北支局，一九四〇）。

黃鳳姿，《台灣の少女》（東京：東都書籍，一九四三）。

楊千鶴，〈花咲く季節〉，《台灣文學》第五號（一九四二年七月），頁一四四—一六〇；林美智譯，《花開時節》（臺北：南天，二〇〇一）。

楊千鶴，《人生のプリズム》（日本：そうぶん社，一九九三）；張良澤、林智美譯，《人生的三稜鏡》（臺北：南天，一九九九）。

蕭華子，〈危機三回を切り抜けて〉，《婦女界》第五七卷第二號（一九三七年二月），頁二三八—二四一。

蕭華子，〈安心して天職を果した私〉，《婦女界》第五三卷第六號（一九三六年六月），頁三一二—三一四。

謝雪紅口述，楊克煌筆錄，《我的半生記：臺魂淚（一）》（臺北：楊翠華自版，二〇〇四）。

自由戀愛的新世代：日治時期臺灣女作家群像

吳佩珍

一八九五年日本領臺後，對於日本「新臣民」，首先由改造身體入手：臺灣男性剪去辮髮，女性則解去纏足。之後，臺灣總督府伴隨統治政策需求推動近代化，新式教育便是其中的一環。這不僅加快了廢除女子纏足舊習的腳步，也催生了臺灣的新式女子教育。女性獲得身體自由後，才能自由行動走出家門，進入校門。隨著一九一九年第一次《臺灣教育令》與一九二二年第二次《臺灣教育令》的頒布，高等女校的國語（日語）教育比重逐漸提升，同時也納入日本近代女子教育的「良妻賢母主義」為教育目標。

進入一九二〇年代之後，資本主義與都會文明快速發達，此時期的時代女性——「摩登女孩」（モダンガール）成為對性與戀愛自由積極追求的象徵。廚川白村的《近代的戀愛觀》與愛倫凱的《戀愛與結婚》成為大正期「自由戀愛」的代表性論述，對大正時期「戀愛至上主義」概念的形成與通俗化有決定性的影響。這樣的風潮也從日本「內地」傳播至東亞各地，如臺灣、朝鮮與中國。此外，資本主義加劇城鄉差距，帝國對殖民地的經濟剝削逼迫更甚，臺灣的農民運動與勞工運動也隨之風起雲湧。

以上的歷史背景與時代脈絡，催生了張碧淵、葉陶、黃氏寶桃與楊千鶴諸位日治時期的臺灣女性作家，其創作文類橫跨小說、現代詩與短歌等。這些女性作家多為高等女校出身者，她們的創作能力也可說是奠基於新式教育。但新式教育的啟蒙，並未讓這群臺灣女作家成為「良妻賢母主義」的信奉者；反之，她們察覺到的則是女性的困境乃至殖民地臺灣的苦境。

女性的戀愛話語權：張碧淵〈羅曼史〉

張碧淵本名張碧珚，是臺灣新文學作家張深切的妹妹。據巫永福敘述，她畢業自彰化高女以及東京女子大學，是位藥劑師，同時活躍於一九三〇年代的臺灣文壇。一九三六年七月「半島舞姬」崔承喜訪臺時，張碧淵曾負責接待，留下合影，可見其在文壇當時活躍的程度。一九三四年十一月以張碧淵之名發表於文學雜誌《臺灣文藝》創刊號的〈羅曼史〉（ローマンス）是目前張碧珚被發現僅存的作品。

這篇作品描寫已婚的電影辯士林超岡在臺灣全島巡迴放映演出時，在鳳山遭遇雪枝等三位女性。情同姊妹的三人，對林展開熱烈追求，尾隨來到臺中。林超岡也因此被控誘拐罪而遭到訊問，最後因女性們的辯護，得以無罪釋放，但林超岡拒絕了她們的追求，返回家中。

〈羅曼史〉的背景所鋪陳的，是「戀愛至上主義」思潮流行的年代。一方面強調兩個獨立人格的結合、「靈肉合一」的戀愛關係為理想的兩性關係，但另一方面，戀愛論述的通俗化與對「戀愛＝亂愛」的揶揄，充斥於同時代的雜誌媒體。〈羅曼史〉中雪枝等三位女性寫情書給林超岡，大膽告白：「我們真的愛你」、「我愛死你了」、「你也要愛我呀」，宛如拷貝自電影臺詞，也可窺見當時對戀愛論述通俗化的戲謔描寫。沉迷於電影，同時將戀愛慾望投射於電影辯士身上的設定，讓人聯想起一九二〇年代彰化街長之子楊英奇誘拐吳氏進緣等彰化高女出身的名門子女、欲偷渡至廈門的「彰化戀愛事件」，而媒體上也曾出現男性以至廈門拍攝電影為誘因誘拐女性的報導。〈羅曼史〉透過通俗化的「自由戀愛」，取回女性在戀愛論述的「話語權」，展現了新時代思潮中女性的能動性。

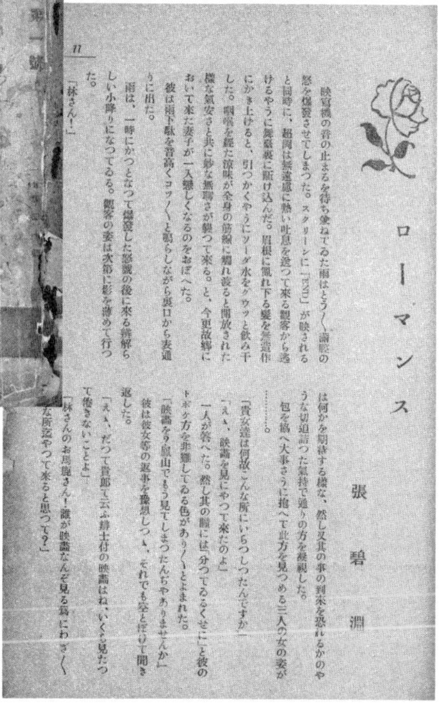

ローマンス

張碧淵

11

映寫機の音の止まるを待ち兼ねてゐた雨はとう〱癇癪の怒を爆發させてしまつた。スクリーンに「END」が映されると同時に、超岡は無遠慮に熱い吐息を送つて來る觀客から逃げるやうに舞臺裏に驅け込んだ。眉根に亂れ下る髪を無造作にかき上げると、引つかくやうにソーダ水をグウッと飲み干した。咽喉を經た涼味が全身の筋線に觸れ渡ると開放された様な氣安さと共に妙な無聊さが襲つて來る。と、今更故郷においで來た妻子が一入戀しくなるのをおぼへた。

彼は雨下駄を音高くコツ〱と鳴らしながら裏口から表通りに出た。

雨は、一時にかつとなつて爆發した怒號の後に來る辨解らしい小降りになつてゐる。觀客の姿は次第に影を潜めて行つた。

「林さん!」

は何かを期待する様な、然し又其の事の到來を恐れるかのやうな切迫詰つた氣持で通りの方を凝視した。

包を縮へ大事さうに抱へて此方を見つめる三人の女の姿が……。

「貴女達は何故こんな所にいらつしつたんですか」

「えゝ、映畫を見にやつて來たのよ」

一人が答へた。然し其の瞳には「分つてゐるくせに」と彼のトボケ方を非難してゐる色があり〱とよまれた。

「映畫を?館山でもう見てしまつたんぢやありませんか」

彼は彼女等の返事を豫想しつゝ、それでも空とぼけて聞き返した。

「えゝ、だつて貴郎て云ふ辯士付の映畫はね、いくら見たつて倦きないことよ」

「林さんのお馬鹿さん!誰が映畫なんぞ見る爲にわざ〱な所迄やつて來ると思つて?」

張碧淵〈羅曼史〉發表於《臺灣文藝》創刊號。張深切、賴明弘等人於1934年成立臺灣文藝聯盟，其機關刊物《臺灣文藝》是日治時期臺灣人創辦的文藝雜誌之中，壽命最長、影響最深遠的雜誌。

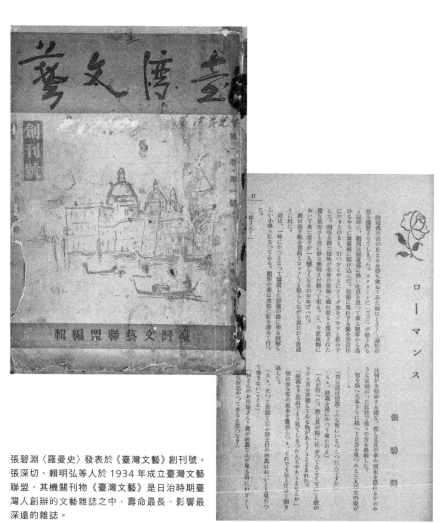

自由戀愛與父母之命的夾縫間：葉陶〈愛的結晶〉

葉陶是日治時期知名的社會運動者、教師與作家，她也是普羅文學作家與社會運動者楊逵的伴侶。出身高雄旗後，一九一九年自打狗公學校畢業後，進入臺南師範講習科受訓八個月，之後成為公學校教員。葉陶為人津津樂道的逸聞之一是：她在搭乘渡輪赴學校運動會時，覺得纏足的不便，便解下纏腳布，丟入海中。

她唯一一篇日文小說〈愛的結晶〉（愛の結晶）描寫素英與寶珠兩位女學校的同窗在公園偶遇，之後展開一連串圍繞彼此婚姻與現況的對話。素英原是公學校女教員，與社會運動家瑞昌相戀，因而失業，無論在「物質上精神上都遭受種種壓迫」。寶珠則是漁業資本家的女兒，因為「策略婚姻」，嫁給了父親安排的對象。寶珠羨慕素英的孩子是「愛的結晶」，自己的孩子反而因「梅毒」問題而成了白癡。然而素英的孩子卻因為貧困，缺乏營養與醫藥而眼盲：

由於孩子營養不良，在幾度苦苦地哀求下，向相關委員求來的施療券（注：日治時期為了救助貧民所發放的免費診療券）也在聽了醫生的宣告下沒了用武之地（醫生囑咐須常服用哈里巴肝油（注：日本衛彩（エーサイ）創始人內藤豐次在一九三二年開發的含維他命A、D的肝油）與雞肝，如今連買米的錢都沒有，怎可能買得起那種東西），只能眼睜睜看著有錢就能得救的可愛孩兒的眼睛繼續惡化下去……

聽了素英孩子眼盲的原因後，寶珠想著：「『愛的結晶』因為錢的關係而眼盲，理想則因為錢而被黑暗所包覆。都是這個時代不好。」

在「戀愛至上主義」的時代，透過「自由戀愛」走進新式的婚姻，建構新的兩性關係是當時知識分子的憧憬與嚮往。葉陶藉由盲目的「愛的結晶」點出殖民地臺灣的經濟困境以及現實中可能遭受的挫敗。另一方面，奉父母之命成婚，物質生活優渥的寶珠生下因梅毒而導致智能障礙孩子的不堪，暗喻著寶珠除了須忍受沒有愛情的婚姻以及丈夫的不忠，甚至將梅毒帶給自己的孩子。故事最後藉由寶珠點出「都是這個時代不好」，呈現當時新式女性身處殖民地臺灣進退兩難的困境。

1935 年台灣文藝聯盟佳里支部合照。葉陶於首排左二，為當時社會與農民運動中少見的女性，即使與楊逵婚後育子，也仍參與其中。

勞動女性之死與混血兒問題：黃氏寶桃〈人生〉、〈感情〉

黃氏寶桃目前發現的作品雖然數量不多，但作品文類橫跨小說、現代詩與短歌。〈人生〉與〈感情〉是黃氏寶桃目前所知的兩篇日文小說。〈人生〉描寫因不景氣，K庄開始庄民救濟事業，開始興建K市到K庄之間寬廣的汽車道路，興建水泥橋的人夫中也有年輕女性加入。這當中，運送的臺車高速通過後，造成紅土斷層的崩塌。一名女性工人因大腹便便，行動不便，走避不及而遭崩塌土石掩埋，在送往醫院之前，已經斷氣。因為這位女性的死亡，迫使她的丈夫開始細細思考人生，同時想逃離目前的職業。然而，他這才察覺到社會目前的情況並不樂觀，而感到震驚不已。同時想起：「今天早上也有十五個人因為無法獲得如此危險的工作而苦惱不已，黯然離去。」

〈感情〉描寫一位臺灣女性與來臺的日本官吏生下男孩太郎，之後官吏返回日本，再也沒有回臺，太郎母親獨自扶養太郎。太郎既沒見過父親，也沒去過內地，只在被認為是「臺灣人」而遭到歧視時，便萌生想逃往日本的念頭與希望滿足看看內地的好奇心。直到太郎十七歲時，母親決定與臺灣人再婚，希望太郎別再穿和服而改穿臺灣服，但被太郎拒絕：「無論別人怎麼說，我都是內地人的孩子。」冷靜下來的太郎，心中如是反省：

自己確實是內地人的孩子，但難道自己有強求母親認同內地的權利嗎？太郎覺得自己好像漸漸了解母親的心情般，當再次躺下，蓋上毯子時，緊繃的感情突然間消融開來，流下了感傷的眼淚。

黃氏寶桃的作品左翼色彩濃厚，對無產階級女性的困境有深刻且到位的描寫，為我們提供戰前普羅女性作家的重要視點。在〈人生〉中，我們看見臺灣經濟陷入困頓，連年輕女性都需加入汽車道路建設，才得以換取溫飽。因救濟事業的工安事件，母親與腹中的胎兒因而被奪走了性命，更點出日本在殖民地近代化建設的黑暗面。〈感情〉中的太郎，有著「本島人獨特的無表情的臉孔」，既未見過日本人的父親也未踏上過日本，但仍堅持自己是「內地人」之子，拒絕換下身上的和服。

黃氏寶桃透過「孩子」的記號呈現日本對殖民地種種有形與無形的剝削。為了溫飽，「臺灣孩子」甚至被奪去性命，甚至被素未謀面的「內地人」父親拋棄，但仍堅持自己是「內地人之子」，這些均暗喻在日本統治下，臺灣女性被奪走的不僅是孩子，甚至是國家的身分認同。

期間限定的「No Men's Land」：楊千鶴〈花開時節〉

楊千鶴是臺北女子高等學校出身者，曾在一九四一年六月至一九四二年四月擔任《臺灣日日新報》記者，也是臺灣第一位女記者。〈花開時節〉（花咲く季節）描寫一群高等女校同學惠英、翠苑與朱映在畢業前夕面臨婚姻與對將來的茫然與不安，是日治時期第一篇「女學生小說」。

學者本田和子指出，明治時期人們眼中的女學生，應該是「與人生跟生活無緣，輕盈可人，天真無邪地度過短暫時光的『特權的異物』」。〈花開時節〉一開始，校園中女學生齊聲朗誦莫洛亞《結婚．友情．幸福》的情境便是如此。一八九九年日本頒布的《高等女學校令》：「在於養賢母良妻之素養……同時須習得中流階級以上生活必需之學術技藝」，即設定高等女校教育的養成目的，是為進入「中流階級」以上的家庭進行準備。日本色彩濃厚的臺灣高等女校教育也服膺於這個目標。〈花開時節〉描寫到在校生擁有婚約者不在少數，畢業的同時便進入婚姻，反映出當時「高女教育」的背景。

惠英、翠苑與朱映三人於畢業前夕彼此約定：就算進入婚姻，希望彼此之間的友情能持續不變。惠英與翠苑為即將嫁作人婦的朱映餞別，三人來到八里濱的海水浴場時，惠英以腳趾在沙灘寫下「友情」但旋即便被海風吹散、消逝無蹤的場面，便象徵著她們「No

Men's Land」的時光再也一去不返。

「女學生小說」會約定俗成地出現對「女性只有婚姻」的人生計畫產生懷疑與抗拒的主人公，〈花開時節〉的惠英便是如此。即使故事在惠英與翠苑探訪剛生產完的朱映，懷抱朱映的新生兒的場面落幕，但在此時，無論是惠英還是翠苑，對於婚姻之外展現自我可能性的摸索也正要開始。在這個意義上，〈花開時節〉除了是臺灣近代女作家的女性主體書寫的開始，同時也是女作家開始形塑拋開附庸身分、追尋自我與獨立自主的女性形象的紀念之作。

日治時期臺灣女性作家的作品宛如當時女性問題的縮影：媒妁之言與戀愛婚姻的孰是孰非，日臺通婚與混血兒的問題，乃至高女畢業生是否有除了婚姻以外出路的可能性。她們的作品，正是女性觀點的殖民地臺灣書寫。

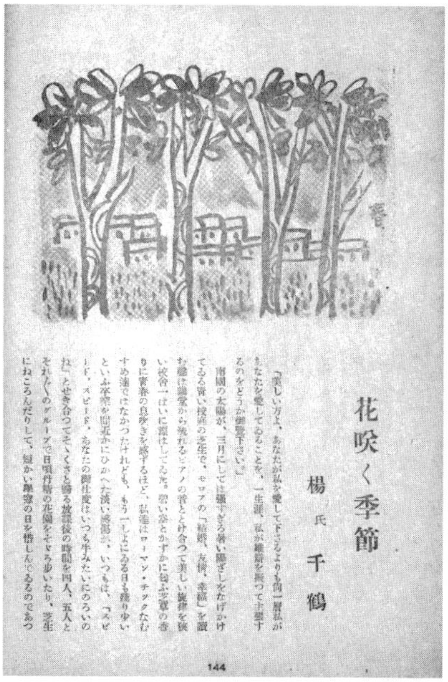
花咲く季節

楊氏千鶴

「美しい方よ、あなたが私を愛して下さるよりも尚一層私があなたを愛してゐることを、一生涯、私が純潔を捧つて十盟するのをどうか御覧下さい。」

南國の太陽が、三月にしては強すぎる暑い陽ざしをなげかけてゐる青い校庭の芝生で、セロアの「結婚、友情、幸福」を讃ふ歌は講堂から洩れるピアノの音ととけ合つて美しい旋律を狭い校舎一ぱいに溢はしてゐた。碧い空とかすかに匂ふ芝草の香りに青春の息吹きを感ずるほど、私達はロ－マン・チックなむすめ達ではなかつたけれども、もう一しよにゐる日も殘り少いといふ卒業を間近かにひかへた淡い感傷が、いつもは、「スピード、スピード、あなたの御仕度はいつも牛みたいにのろいのね」とせき合つてそゝくさと帰る放課後の時間を四人、五人とそれぞれのグループで日頃丹精の花園をそゞろ歩いたり、芝生にねころんだりして、短かい學窓の日を惜しんでゐるのであつ

144

楊千鶴〈花開時節〉發表於四〇年代兩大文藝雜誌之一《台灣文學》，雖然當時她已離開《臺灣日日新報》，然因其文筆與文壇中少有的女性身分，而廣受多方邀稿。

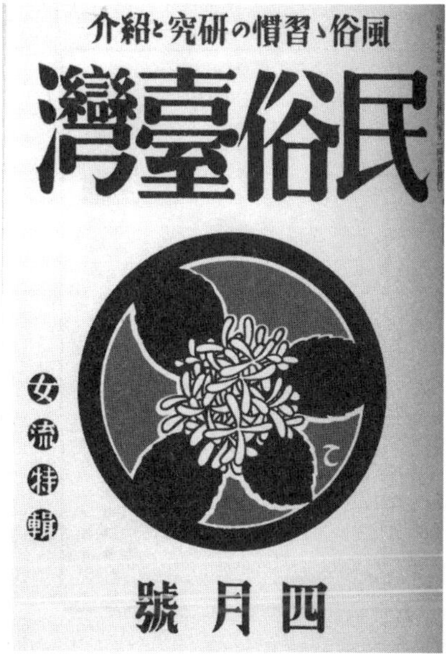

《民俗臺灣》於1942年推出「女流特輯」，刊載楊千鶴、黃鳳姿、長谷川美惠（張美惠）、福田百合子等女性作家作品，主題橫跨臺灣少女到婦人、髮飾到服裝，以及料理製作與家庭生活等。

參考書目

本田和子，《女学生の系譜：彩色された明治》（東京：青土社，二〇一二）。

坂口䙥子，〈楊逵與葉陶〉，楊素絹編，《楊逵的人與作品》（臺北：民眾日報，一九七九），原載於《アジア》第六卷第十號（一九七一）。

柳書琴編，《日治時期臺灣現代文學辭典》（新北：聯經，二〇一九）。

洪郁如著，吳佩珍、吳亦昕譯，《近代臺灣女性史：日治時期新女性的誕生》（臺北：臺大出版中心，二〇一八）。

張碧淵，〈ローマンス〉，《臺灣文藝》第一號（一九三四年十一月），頁七七—八三。

黃氏寶桃，〈人生〉，《臺灣新文學》第一號（一九三五年十二月），頁二〇—二二。

黃氏寶桃，〈感情〉，《臺灣文藝》第三卷第四／五號（一九三六年四月），頁二二—二六。

楊千鶴，〈花咲く季節〉，《台灣文學》第五號（一九四二年七月），頁一四四—一六〇；林美智譯，《花開時節》（臺北：南天，二〇〇一）。

葉陶，〈愛の結晶〉，《臺灣新文學．新文學月報》第一號（一九三六年），頁一一—一四；葉石濤譯，《臺灣文學集一：日文作品選集（文學臺灣叢刊二）》（高雄：春暉，一九九六），頁一七九—一八四。

走在塵世與塵土中的摩登女孩：第一代職業婦女的文學現身

蔡蕙頻

職業婦女初登臺

如果要說日治時期的女性和清治時期的女性有什麼不一樣，那絕對少不了「職業婦女」的登場。

清治時期的臺灣仍屬農業社會，社會分工較簡單，缺乏孕育職業婦女的條件，且河洛婦女有纏足的傳統。連橫《臺灣通史》記曰：「漳泉婦女大都纏足，以小為美。三寸弓鞋，繡造極工。而粵人則否，耕田力役，無異男子，平時且多跣足。」佐倉孫三在日治初期所寫的《臺風雜記》亦云：「廣人者，婦女不纏足，……福人者，婦女皆纏足。」纏足不只限縮了女性的行動範圍，也限制了她們對人生的想像，這些纏足的女孩不是職業婦女。

那麼，沒有纏足的女人呢？男人負擔田畝之間的耕作，女人們則要承擔侍親、育兒、操持家務等勞動，或是協助農作、加工農作物，有些女人還會做手工來幫助家計。說起來，大腳女人們的工作還真不少。不過，由於這些勞動並非以賺取固定的收入為主要目的，且缺乏正規且有系統、有效率的職業訓練，因此即便一年到頭每天都忙得團團轉，她們也稱不上是職業婦女。

日治以後，新的思維與文化如浪湧來，一波波拍打著臺灣人的腦袋，一部分的人心中的傳統價值開始轉變。影響女孩最大的是解放纏足的社會改革運動。二十世紀之初，基於衛生、人道、勞動力等理由，社會不再鼓勵女孩纏足，禁止纏足的規定在一九一五年被寫入保甲規約裡，女孩們的身體終於不再被束縛。

另一個不被束縛的是教育。日治以來官方便鼓勵民眾接受近代教育，一九二〇年代之後，各地普設臺灣人就讀的公學校，更進一步推升了識字人口。能夠去上學的女孩人數雖遠不及男孩，但公學校畢業的基礎學力，確實增加她們就業的條件。在一九一、二〇年代接受近代教育的女孩，在三〇年代順勢躍上了時代的舞臺。

此外，不能忽視的還有社會形態轉變之下所形成的新興就業市場。交通條件的改善擴大商品流動的市場，而電話、汽車等近代文明的引進則造就新的產業，這些因素都使得臺灣的職業分工更加細緻，就業市場日漸擴大。一九〇五年臺灣實施戶口調查，當時登記的職業僅有七大類一百八十二種，但是到了一九三〇年實施國勢調查時，職業種類已經增加到十大類三百七十六種，其中就包含車掌、電話接線生（交換手）等一九〇五年調查時未曾出現的職業選項，明顯看到一個期待女性一同投入的就業市場。

我們可以借用日治時期臺灣知名報社之一《臺灣新聞》主筆小川節的說法來認識職業婦女。小川節指出，臺灣的職業婦女大致可分為兩種：一為從事「需要相當智識之職業，例如教員、美容術師（化妝師）、醫師、牙醫、音樂家、作家、產婆、照相師、打字員、速記者等」，這些工作，從業者皆須透過有系統的近代化訓練，才能擁有某種專業技術；另一種則為「任誰都可以比較容易地入行，代之，地位較不穩定、收入也不太多」，如女工、司機、車掌、事務員、派遣家政婦、店員、電話接線生、保母、護理師等，這些工作專業程度較低或不具專業技術，主要依靠勞務來賺取收入。

其中，「車掌」曾是許多女孩心中的夢幻職業。

獨立自主新女性

車掌出現於一九二〇年代，負責隨車服務工作。最初由男性擔任但效果不彰，一九三〇年臺北市開始經營市營公車之後，開始比較大規模採用女性擔任車掌，頗獲好評，之後便屢屢出現在作家的小說裡，或是成為文人描繪的對象。

身為職業婦女，傳統文人也歌詠車掌們獨當一面的工作態度。一九三七年，苗栗栗社以「車掌」為題舉辦徵詩活動，一位署名會川的詩人寫道：「不守深閨刺繡花，將身供事願隨車。權司職掌往來客，細問行蹤意可嘉。」又寫：「南轅北轍半為家，不習女紅願守車。乘降行人憑職掌，須供正路莫橫斜。」詩人不只強調車掌走出家庭，掙脫社會賦予女性的傳統價值，更讚揚其走入社會參與勞動，獨立作業的新女性形象。

事實上，除了車掌之外，成為職業婦女往往都帶有女性掙脫男性桎梏、獨立自主的意涵。例如呂赫若小說〈婚約奇譚〉裡，女主角琴琴的父親為了挽救家計而為她安排婚姻，但琴琴是個獨立自主的新女性，反對婚姻成為買賣的籌碼，最後為了逃避婚約而逃家。這個逃婚的女孩最後到了都市，打算成

草山—北投循環巴士車掌，出自《臺灣自動車界》第 1 卷第 10 號（1932）。
圖片提供：國立臺灣圖書館

為護理師（看護婦），獨立營生。「我嘛！決心參加護理師的考試噢！」琴琴下定決心，興高采烈地說著。在這篇小說裡，家是傳統價值的代表，逃家是女性追求獨立自主的行動，而唯有成為職業婦女，擁有穩定的收入，才有可能真正地獨立自主。

摩登原來是這樣

另一方面，職業婦女也給人摩登女孩的形象。「摩登」是什麼呢？吳漫沙在《風月報》上發表過〈放掉摩登吧！〉一文，在這篇文章裡，他認為「摩登」就是「時髦」，表現在女性的外表上，就是「著洋裝，高跟鞋，電頭髮，體態婀娜，婷婷嬝嬝的摩登小姐」。另一位署名醉蓮的作者隨後也呼應吳漫沙，提到「本島的婦女，對於塗脂擦粉，著洋裝，燙髮，也很進步，……甚至那勞工的婦女，亦大都習尚時髦，模倣歐化，研究摩登……」摩登通常被拿來指涉善於裝扮的女性，特別是職業婦女，被拿來作為展示摩登的展品。

呂赫若小說〈山川草木〉裡矢志成為傑出琴師的音樂學校學生簡寶連就是摩登的化身。寶連經常穿著合身時髦的洋裝，當她「穿著洋裝時，擁有一股女性的魅力時而展現出妖婦般的美貌。濃密烏黑的秀髮，燙或捲髮地披在肩上，豐滿的身材及洋裝下纖細的腿，

《臺灣藝術》在新竹舉辦「看護報國」座談會紀錄，請從戰爭前線回臺的看護婦分享經驗，相關紀錄刊載於 1944 年第 5 卷第 1 號。

走路時不時引來人們的視線成為目光的焦點」。有別於過去隱藏女性身體曲線的服裝設計，洋裝更能凸顯女人的線條，再加上燙髮與化妝等西式美容技術的引進，衝擊眾人對於美的認知，摩登成為一種有別於傳統的魅力。

相較於著重專業技術的老師、護理師、產婆等職業婦女，車掌、電話接線生、店員等更為偏重外貌、聲音或輕聲細語的外在特質，因此較被冠上摩登之名。其中，車掌執勤時頭戴制帽，穿著制服，短裙皮鞋，腰間配有皮包的打扮，確實給人西化而摩登的印象，且她們不像接線生僅以美聲在空中與顧客相會，而是真切地以這樣的裝扮出現在世人面前，因此人人都注意到車掌的模樣，詩人也紛紛描繪出女車掌摩登文明的一面：

> 歐風美雨近繁華，改札娥眉特色花。豔幟新妝嬌出眾，循循迎送客盈車。
>
> ——碧濤，〈女車掌〉

> 斷髮洋裝二八娃，收金折券事如麻。殷勤足慰同車客，何必容顏似舜華。
>
> ——鐸菴，〈女車掌〉

車掌的工作主要是收、售車票，以及維護車內秩序、協助司機注意路況，因此最初車掌的選聘條件首重細心和耐心，細心乃是求計算快又不出錯，耐心則期待車掌面對誤點等乘客抱怨時能夠傾聽不還口。不過，求職人口逐年增加，再加上車掌總是給人摩登女孩的印象，使得越來越多年輕女孩前來應徵，想要一圓車掌夢，因此後來的車掌選拔變得越來越重視外貌、年齡和學歷，在經濟較蕭條的年代，甚至不乏高等女學校畢業的女孩來應徵。

然而，當「女孩」準備走入婚姻、成為「女人」時，也差不多就是告別職業婦女身分的時刻。一方面由於車掌本來就是較重外貌的職業，另一方面，「到了適婚年齡便要走入婚姻」的觀念仍深植三〇年代的女孩心裡，而結婚之後，育兒的重擔便接踵而至。因此總地來說，車掌的從業年紀不長，二十四、五歲已是極限，而這種為了婚姻而離職的現象，較常存在車掌、電話接線生等基層職業婦女之中。不過，女工就不在此限，今天我們仍能在松山菸草工廠內看到當年的育嬰室，顯然育嬰並不構成女工從業的障礙。

《臺灣藝術》多次以「戰時女性」為題介紹各領域職業婦女，1943年第4卷第則介紹打字員。日本於1938年發布〈國家總動員法〉，女性教育與生活亦因軍事後備考量而受到重視。

家庭與男性的救贖

除了既「獨立」又「摩登」之外，職業婦女也經常扮演救贖家庭與男性的角色。這種例子在文學作品中屢見不鮮。善於透過小說批判資本主義的無政府主義青年王詩琅，將小說〈夜雨〉的場景設定在一個承受失業之苦的家庭，男主人有德失去工作後，妻子阿換典當了所有貴重物品卻依然苦於無米之炊，心酸地抱怨著。這時，女兒秀蘭回來了：

有德看一看秀蘭的頹喪的神情，早就覺得一半以上，沒有希望了。但焦急的心情，卻待不得她寬息，慌忙地：「交涉的結果怎樣？」「不中用，這井坂吳服店雖有缺人，二天前，早已雇定昨年畢業的高氏金鸞，我順便到玉桃家裡，託她爹問問N乘合自動車會社，有沒有缺車掌。」

為了拯救破敗的家庭，秀蘭外出謀職，應徵吳服（和服）店店員與車掌，但求職不順，最後阿換只能將女兒秀蘭送往咖啡店「娜利耶」當女給，再學作藝旦。

秀蘭主動探詢當車掌的機會，表示這在當時是女孩求職時主要的選項。另一位筆名為TP生的作者在《臺灣新民報》上刊載〈車中獨幕劇〉，也這樣描寫車掌：

在那車沿上，阿珠穿著海軍式的上衣，長與膝齊的短裙，白色的圓帽。……她的家境很窮困，父親是在鄉裡經營小本的生意，月入很微，加之小弟妹們一共七八人，所以阿珠不得不出來求一個職業幫助她的家庭。她的月薪，雖僅二十餘元，在她的家庭經濟上，卻是大宗的生產。

TP生告訴我們，車掌很美，但是家裡很窮。TP生所說的正是當時基層職業婦女的寫照：為了添補家計而就業，且不只車掌如此，女工也是如此。隨著大型資本引進臺灣，菸草工廠、撿茶工廠及鳳梨工廠等近代化工廠的煙囪四處林立，廉價勞動力的需求大增，提供女性就業的管道。早在一九三〇年代，「來去工廠做女工」、加減貼補家用就已成為時代現象，例如呂赫若作品〈牛車〉中的阿梅，便是靠著在鎮上的鳳梨工廠擔任女工來貼補家用。

既然是貼補家用，或許會好奇，車掌的收入好嗎？以一九三〇年統計資料為例，公學校畢業後就業的女孩，最多人從事的職業分別是「幫傭」（家事使用人）、「農業」和「商業」，基本上仍以傳統勞力工作為主。當年臺北州下的爆竹製造女工日薪為二十錢至五十錢，撿茶女工日薪為十五錢至三十錢，車掌月薪約為二十四、五圓至二十七、八圓，以工

帶小孩上班的揀茶女工，出自《臺灣寫真大觀》（臺北：臺灣寫真大觀社，1934）。
圖片提供：國立臺灣圖書館

作二十天計算，日薪也有一圓餘，另外再加上績效獎金與休假。換句話說，在職業婦女之中，車掌雖然不算是社會地位高的一群，但以相當於小學畢業的學歷所能夠從事的職業來說，車掌算是待遇較佳的職業。無怪乎《臺灣民報》記者稱：「女車掌若比於智識階級的婦人之職業，雖然減些優美高尚，然若比於看護婦、採茶女、交換姬等的時候，其收入是較為豐富而又適合於女子。」

然而，比起產婆或教師，車掌的收入仍是遠遠不及的，根據一九三二年臺北市職業婦女的最高月薪，相較於小學校教員的一百五十圓和產婆的兩百五十圓，公車車掌僅有四十五圓。既然職涯生命不長，社會地位不高，比起其他職業或相較於男性，車掌的收入也稱不上豐厚，女孩們為什麼還對這個須長時間站立、與乘客周旋的工作趨之若鶩？我們不妨將之對照清治時期大門不出、二門不邁的豪門千金，或是成天忙於農務與育兒卻無報酬的農婦村姑，成為一名車掌至少有分收入，無論要為家裡添柴薪，或是作為個人消費的零用，都不啻是個好的選擇。且再加上穿上人人稱羨的制服，與文明的距離就更進一步了。

即使是在塵世與塵土中奔走，即使清楚知道結婚就是和這個職業告別的時候，女孩們仍然以成為一名車掌為傲，成為職業婦女，豐富了她們的人生。

參考書目

TP生，〈車中獨幕劇〉，《臺灣新民報》第三七三號（一九三一年七月），頁一一。

王錦江（王詩琅），〈夜雨〉，《第一線》第二期（一九三五年一月），頁一五二—一五八；張恆豪編，《王詩人．朱點人合集》（臺北：前衛，一九九一），頁一七—二六。

佐倉孫三著，林美容編，《白話圖說臺風雜記：臺日風俗一百年》（新北：國家教育研究院，二〇一七，二版）。

吳漫沙，〈放掉摩登吧！〉，《風月報》第五八期二月號下卷（一九三八年一月），頁一二。

呂赫若，〈山川草木〉，《臺灣文藝》第一卷第一號（一九四四年五月），頁一二—三五；林至潔譯，《呂赫若小說全集》（臺北：聯合文學，一九九五），頁四七〇—四九七。

呂赫若，〈牛車〉，《文學評論》第二卷第一號（一九三五年一月），頁一〇七—一三六；林至潔譯，《呂赫若小說全集》（臺北：聯合文學，一九九五），頁二七—六一。

呂赫若，〈婚約奇譚〉，《臺灣文藝》第二卷第七號（一九三五年七月），頁二三—四〇；林至潔譯，《呂赫若小說全集》（臺北：聯合文學，一九九五），頁九一—一一一。

苗栗栗社，《第八十九回女車掌囊錐詩集》（苗栗：苗栗栗社，一九三七），頁一—四。

連橫，〈風俗志〉，《臺灣通史》（臺北：眾文圖書，一九七九），頁六〇二—六〇五。

著者不詳，〈臺灣各界的職業婦人介紹（三）自動車的女車掌〉，《臺灣民報》第二九六號（一九三〇年一月），頁七。

醉蓮，〈摩登的進步〉，《風月報》第六二期四月號下卷（一九三八年四月），頁八。

【小專欄】

時尚的祕密：日治時期臺灣藝旦與女給的情慾消費

張志樺

妓女可謂自古以來即存在的職業，在臺灣當也不自外。隨著都市化、現代化步伐的臨近，日治時期臺灣的情色業日益顯出與西方資本主義經濟接軌的趨勢。情慾在此時化身為一種消費的模式，而在宴席中陪伴文人吟詩唱曲的「藝旦」，或是在咖啡店中服務客人的「女給」，則成為這股情慾消費下無法忽視的存在。

在日治時期的報刊雜誌中時常能看到關於藝旦、女給的描述與介紹，像是在《三六九小報》上：「女給香雲剪髮作時髦妝，鬢上襟間綴以外國花球。」「醉仙閣麗珠，妓飾洋裝，短袖斷髮。」「錦秀胸前雙峰高聳，曲線美妙，尤其特色，現代式大奶奶主義之模特兒也。」她們無所不用其極地企圖將自己的特色表現出來，希望在競爭激烈的花叢世界裡攻占屬於她們的一席之地。

臺北大稻埕一家名為「寶」的咖啡店的女給們，
出自《風月報》第 53 期（1937）。
圖片提供：張志樺

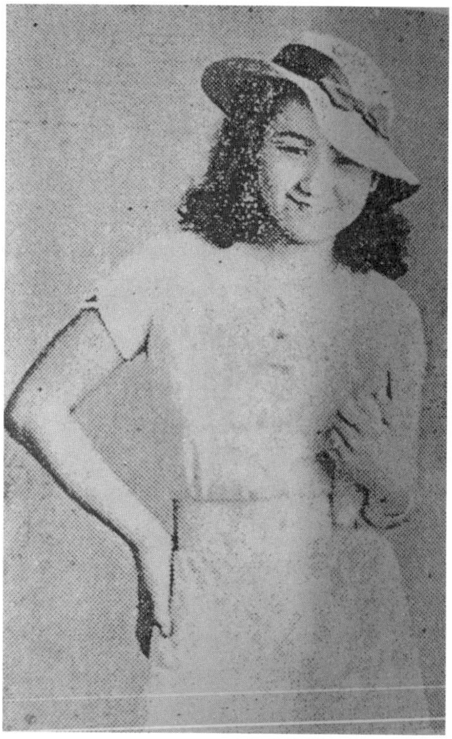

穿著洋服的「第一女給」美惠子，出自《風月報》第 46 期（1937）。
圖片提供：張志樺

除了報刊外，當時亦有許多描寫藝旦、女給的文學作品，如張文環在〈藝旦之家〉（藝旦の家）中描寫女主角彩雲自幼被賣給人當養女，而養母由於利慾薰心，將其出賣給茶行老闆，爾後無奈踏上了藝旦之路。小說最後，彩雲面對戀人楊秋成對自己職業的遲疑以及養母對其無止盡榨取的困境，感到痛苦不已，興起投河自殺了結生命的念頭。

探究藝旦、女給的出身不難發現大多家境貧困，或是受到傳統重男輕女觀念影響而被賣作媳婦仔（童養媳）或養女。對於處在社會邊緣的藝旦、女給而言，她們面臨著政治上日本殖民的壓迫、性別上男女的不平等，以及同樣身為女子卻身世悲苦等種種矛盾衝突的情況，在濃妝豔抹與美麗流行的化妝衣著之下，時尚與格調的重視則成為她們個人自我實現與自我提升的手段。

張文環在〈藝旦之家〉中指出要成為一流的藝旦「藝當然重要，人的衣裳品格文雅更重要」。除了時尚的外貌外，藝旦在文學上的造詣亦不容忽視。許多藝旦不僅在報刊上發表詩文，甚至拜有名望之學儒習詩，如王香禪便曾至大稻埕的劍樓書塾學詩，至今留存約八十四首的詩作。除了文學作品外，日治中期由於臺灣的大眾傳媒開始興盛，藝旦、女給不再被局限於往常「直接」的情慾消費，如

「體格深合現代美人條件」的藝旦月裡，出自《風月》第33號（1935）。圖片提供：張志樺

藝旦教額，出自《三六九小報》第69期（1931）的〈花叢小記〉。

陪酒吟詩或隨侍在旁，而是進入更大眾、更日常的領域，如一九二四年藝旦連雲仙擔任電影《誰之過》的女主角，一九二九年藝旦阿罔（張如如）拍攝武俠愛情片《血痕》，以及一九三七年以藝旦為題材的電影《望春風》便請來當時以戲曲聞名的藝旦幼良擔任主角。此外，也有藝旦參與唱片錄製，演唱如〈烏貓進行曲〉、〈五更思君〉等臺語流行歌。

相較於以往隱蔽的情慾消費，藝旦與女給在這個時期迅速傳媒化與公共化，從私人聚會走向更為廣泛的公眾舞臺，形象類似於今日的影歌星，而與傳統關起門來不入流、情慾縱橫的妓女形象大相逕庭。藝旦、女給擔任起當時社會最具時髦意義的「女公關」角色，在整個日本殖民臺灣的現代化進程中，呈顯出極度矛盾而又衝突的社會身分：一面是臺灣社會階級地位中最邊緣的群體，另一面卻是社會時尚的先鋒。這也意味著此時社會對女性的關注是雙重的：在男性提出女性奢侈浪費、不重道德問題的同時，女性作為男性慾望的對象也隨之浮現社會。

在日治時期的臺灣，藝旦與女給可說是既美麗卻又哀愁的存在。透過追尋她們在社會中努力發展出來的各種文化活動（如文學、音樂、戲劇、電影、廣播等等）與自身時尚的展演，我們可以看見她們在重重的統治者／男性權力掌控下嘗試探頭的身影。在多樣多元的各項活動裡，藝旦與女給們留下的文化軌跡仍是一道可見的累積與紀錄，刻化著在那樣掙扎與壓抑的年代裡，這群女性在隙縫中曾經奮力一搏所發散出的綺麗光芒。

第三章　威權島嶼・性別先聲

打造自己的房間，或穿過荒野：五〇年代反共煙硝外的心靈啟示錄

王鈺婷

臺灣終戰結束後甫脫離日本殖民統治，又在一九四九年成為國共內戰的延伸，一躍為國府反共復國的基地，此一時期文壇由於戰前到戰後政經局勢的變化，女性文學的景觀也發生重大轉變。當臺灣本地的女作家如葉陶、楊千鶴等人因為語言與政治因素，失去創作的舞臺，不少具有創作才華的女作家隨著國民黨政府遷居臺灣，成就臺灣文學史上第一波女性創作的潮流，創造出「她們的時代」。

這些女作家包括在大陸享有文名的成名作家，如蘇雪林、謝冰瑩，也包括當時在臺灣文壇逐漸嶄露頭角的新秀，如琦君，林海音、童真、孟瑤、鍾梅音、徐鍾珮、艾雯、郭良蕙、聶華苓等人。這群受到新式教育的女作家，在當時中文寫作的環境扮演關鍵性的角色，學者范銘如稱她們在「臺灣女性中文小說列為第一代」，具有承先啟後的地位，也透過「臺灣省婦女寫作協會」等官方組織頻繁互動。她們以較無政治煙硝味的文學，傳達出具有特

定美學形式的女性聲音，受到廣大讀者的青睞。這些聲音與女作家切身相關的性別議題有關，包括女性的生命經驗、家庭問題、婚姻經營與內在自我實踐等主題。這些具有日常生活細節感的性別書寫，是女性化的「瑣碎政治」（politics of details），也是五〇年代女作家以生活所譜寫的政治詩。她們將逐步打造「自己的房間」，為臺灣戰後女性文學寫下瑰麗的第一章。

臺灣省婦女寫作協會於 1955 年在臺北市成立，首次活動為受邀參觀臺北監獄。左二起殷張蘭熙、劉枋、華嚴，右一琦君。

打造自己的房間：張秀亞與艾雯

與五四同年誕生的張秀亞，一九三五年始即投入文學創作，遷臺前的作品可以看到張秀亞鎔鑄信望愛之文學觀之確立。張秀亞來臺後即與丈夫分居，透過大學教書的收入，獨自養育兒女，此一時期的作品更具體刻畫現實，傳達對於愛情幻想破滅的體悟。身為吳爾芙（Virginia Wolf）《自己的房間》最佳譯者的張秀亞，一九七三年於純文學出版社推出其中譯版，將這部女性主義的經典之作引進臺灣。在臺灣女權運動剛起步的階段，張秀亞獨具慧眼地發掘出《自己的房間》的奧義。

在《自己的房間》中，吳爾芙思索女性的歷史與處境，曾說：「一個女性假如要想寫小說，她一定得有點錢，並有屬於她自己的房間。」以此言明女性寫作需要經濟獨立與心靈不受干擾的空間。由於張秀亞對於婚姻的澈悟，兼以女性自我的覺醒，她以自身的實踐打造屬於自己的房間。在《自己的房間》中，張秀亞感受到吳爾芙卓越的想像力與敏銳的感覺，她說穿越吳爾芙文字的陰影，就能捕捉其智慧的星光，也重申吳爾芙作品對於現實的關注：「她告訴我們，讓思想將釣絲垂到水中，等待意念靜靜的凝聚；她要我們在寫作時眼睜睜的巴望著現實；她更說，一個作家的脊椎應該是正直的，這真是千古不移之論！」而「作家的脊椎應該是正直的」，這也是智慧多感的張秀亞在吳爾芙身上所得到的深切共鳴。

張秀亞於靜宜英專（現靜宜大學）任教時的照片。

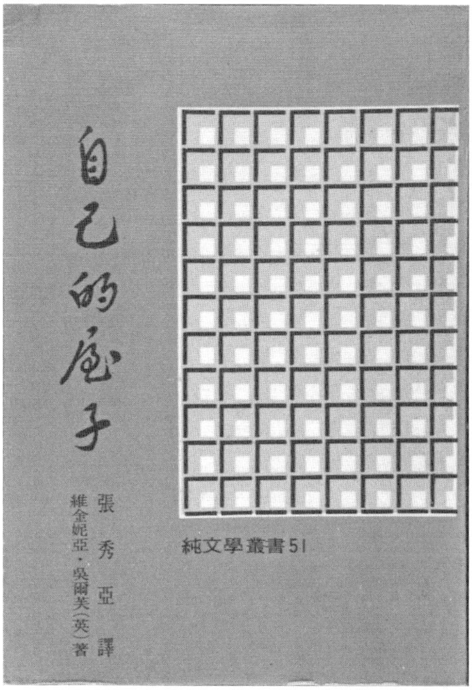

張秀亞翻譯，1973 年由林海音創辦的純文學出版社出版，初版中譯為《自己的屋子》，後統一譯為《自己的房間》。

張秀亞對於吳爾芙浮想聯翩的文體風格有特別的體會，以具有女性視域之微神（Vision），來比擬《自己的房間》中的作家之靈眼，以表明具有高度藝術形式的靈象或是靈啟。張秀亞有不少受到意識流小說影響的作品，以心理鋪陳和情感渲染為主，和吳爾芙作品的神光離合遙相呼應，包括〈晴陰〉、〈白夜〉和〈靜靜的日午〉都可以歸類為現代主義的小說。

〈晴陰〉刻畫一位中年婦女因為丈夫出差而特別感受到寂靜的家居生活，小說真實時間只發生在主角丈夫出差返家的那天早上，推動敘事的是主角在往事中的追憶。這種無關家國歷史等沉重意義的「愁思」，顯現出心靈潛流中的淡淡憂傷，可以看到意識流小說對於張秀亞的影響，這也是張秀亞小說力求突破的一面。張秀亞的詩作〈遺忘〉也具有吳爾芙寫景的本領，將色彩、嗅覺、觸覺融入文字之中，使之具有無限的魅力：

我曾發誓再也不憶你，
將一切沉埋在時間的幽谷，
早春玫瑰的香氣早已飄散；
昨日的星光也被黎明的藍風吹熄，
而此刻呵，是令人厭倦的人生晝午。

是的，令人厭倦的人生晝午，如果有一枝神妙的筆就能勾畫出想像中的事物以及幻影。以感性抒情小品受到讀者喜愛的艾雯，集結《中央日報．婦女與家庭週刊》專欄而成的《生活小品》，是為主婦文學的代表。艾雯在散文〈生活的羅盤〉中刻畫主婦庸碌的閨閣生活：「就像一艘沒有羅盤的船，漂蕩在渺茫浩瀚的『生命之海』上，順流而駛，隨風而適。只是聽其所之而已——如果人生一生果真似這般長在生命之海中飄盪，這其間何只淡淡的哀怨！」面對生活的困境，艾雯透過藝術創作力來抗衡，以「忠於自我」這樣感性的訴求來進行自我表述。在〈偷得浮生半日閒〉中，她展現的是主婦浴罷於晚風與花香中遠望的片刻，所尋覓到寧靜出塵的心靈空間：「心中充滿了一種綠蔭的清涼，一種湖水的澄澈，一種寧靜的幸福。我覺得只有這片刻我是我自己，我從那迷失的塵囂中找回了自己。」

在政治主導的文化環境下，說出「找回自己」談何容易！對於她們來說，書寫的意義，在大我意識形態之外更具體化為日常生活的悲欣與共。五〇年代女作家致力於打造自己的書房，對於女性處境進行微妙的披露，可視為一種對於現實生活的抵抗與內在自我言說的表述。

中國婦女協作協會文友慶生會，前排右起張漱菡、劉枋、鍾梅音、李青來、張明，後排右起王琰如、劉咸思、黃況思、武月卿、徐鍾珮、林海音。

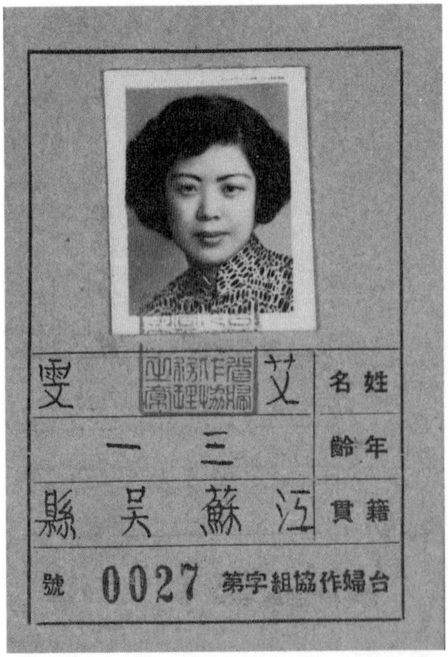

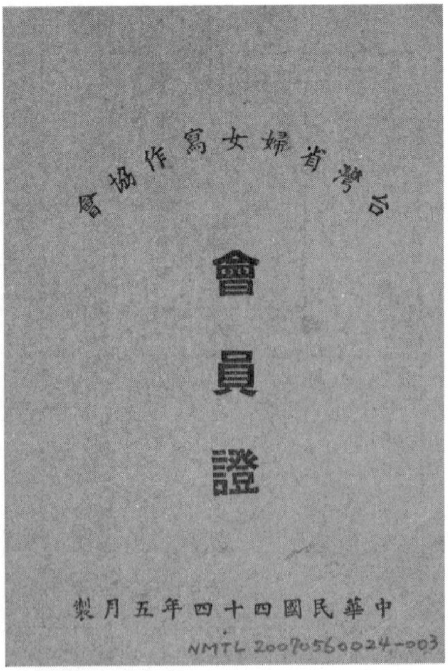

艾雯的臺灣省婦女寫作協會會員證，為協會成立早期製發之會員證。1968 年由於臺北市改制為直轄市，居住於臺北市的會員產生會籍問題，組織因此改名為「中國婦女寫作協會」。

穿越荒野的自我追尋：林海音與童真

在五〇年代作家中，林海音具備有多重身分，她集作家、編輯與出版家於一身，亦曾擔任《聯合報》副刊主編，是影響當時臺灣文壇重要的女性編輯。她也具有旅居中國經驗的臺籍「半山」身分，臺灣與北京「兩地」在林海音生命歷程占有重要的地位，不同時期的書寫皆圍繞著第一、二故鄉。

林海音在臺灣文壇最為人矚目的書寫特色，是以終戰前北京為背景，也是六〇年代左右完成的作品。除了《城南舊事》外，《婚姻的故事》、《燭芯》小說集都是以家庭為背景，描寫新舊時代交替之際的婚姻故事。這些故事呈現出女子在不合理婚姻中抑鬱的悲劇，刻畫在父權社會中沉默的女性身影，是時代轉型中「沒跳過來」的女性。她曾說：「我對『沒跳過來』的舊女性，是真的有一分敬意。」這分對於上一代沒有跳過來女性的敬重，顯示出林海音特有的溫柔敦厚，亦是她對於舊式婦女的體貼與憐惜。

〈燭〉是林海音以傳姓同學母親真實婚姻事例加以潤飾改編而成。故事刻畫官家身分出身的韓太太，在幽閉的床上度過三十多年，兒子、媳婦與孫女都不太在意久病癱瘓的她，敘事情節也逐漸揭露韓太太以頭暈來博取別人同情背後的心緒。小說中燭點燃的光影，搬演回顧的儀式。首先是秋姑娘的身影，在韓太太生產做月子時走進了丈夫的生活之中，而後者出於大家婦女的矜持與度量只得接納此一「沒有心理準備下的姨太太」：

首先出現在燭光搖曳中的就是秋姑娘，尖尖的下巴，黑亮的頭髮，耳垂上兩個小小的金耳環。她不大說話，緊抿著嘴唇。老實說，秋姑娘很乖巧的，但是她恨她，她恨秋姑娘，恨她那麼乖巧又不講話，竟偷偷的走進了她的丈夫的生活裡，並且占據了她的位置。

韓太太只能以「我暈」短暫重回丈夫的懷抱，體驗虛幻的幸福，最後弄假成真，竟也成為真正的癱子，丈夫逝世時，還被一個人丟在屋裡。小說結尾處孫女將奶奶視為小兒麻痺者，反映出不同時代女性迥異的命運。燭此一意象具有多重的象徵，亦是因為秉持寬容美德而自我消耗的青春，如同燃燒的燭一般，獨自生滅。

林海音另篇備受矚目的作品為〈金鯉魚的百襇裙〉，描述封建社會中小妾「金鯉魚」備受壓抑的一生。被當作傳宗接代工具的金鯉魚，生下兒子後便歸大太太撫養，好不容易熬到兒子結婚，其一生一次穿上繡滿梅花的百襇裙的心願，也因大太太所發布的新命令而被剝奪。懷抱著追求身分與地位「區別」渴望的金鯉魚，依舊無力翻轉自己的卑賤身分。小說的結尾透過第三代孫女對於祖母百襇裙所表現的懵懂無知，呈現出現代女性和傳統女性的巨大對比。林海音藉由書寫傳統女性的苦難，來刻畫出不合理婚姻制度所帶給女性的創傷，也有為上一代女性命運嘆息的意味。林海音對於上一代女性所懷抱的敬意，使其作品擁有不尋常的感人力量。

林海音的婚姻故事場景在舊時代的封建社會，女主角在父權與傳統婚姻的枷鎖中載沉載浮；而當五〇年代女性文學中的主角從故土出走、落腳於臺灣，她對於過去父權制度籠罩的故鄉有何反思？來到蕉風椰雨的新家園，她如何在日常生活的柴米油鹽中重新建構安居的生活呢？童真的〈穿過荒野的女人〉呈現出五〇年代外省女作家前衛的性別視角與鄉土想像。

林海音與其女夏祖美、夏祖麗的合照，攝於 1952 年。

一九五八年，童真於《文星》雜誌發表〈穿過荒野的女人〉，現今也成為建構五〇年代女性文學的經典文本。擁有出色外貌的女主角薇英，成長在傳統封建家庭，由於家道中落，聽從父親安排嫁給富商以幫助家中生計。薇英和丈夫的婚姻處於新舊時代交替的背景中。僅有小學學歷的薇英，與高學歷的丈夫毫無交集，也非丈夫欣賞的「新女性」，薇英被迫離婚，娘家也拒絕接受離婚的女兒，使其孤立無援。薇英下定決心自主，帶著女兒，離家出走。而家之外，何處可依歸？

> 她站著，覺得自己站在一片荒野上，那裡，沒有一座屋，沒有一株樹，沒有一塊光滑的巨石，也沒有一處平坦的土地。滿地都是荊棘夾著亂石。她要歇一下，或者靠一下，都不可能。假如她要離開這片荒野，唯一的辦法就只有她自己挺身前進。

「荒野」是小說的重要意象，「穿過荒野」是女性逃脫不幸婚姻的具體象徵；在「荒野上行走」唯有靠自己才能挺身前進。薇英憑藉自己的努力，完成師範學校的學位，也以「我想獨自走下去」，拒絕學校教師的情感追求，懷抱著覺醒後的堅毅之心，遷移臺灣迎向新生活。小說開頭場景是夏日南臺灣的鳳凰樹，母女在枝葉像鷹翅一樣地伸展開來的鳳凰樹下冥想歇息，如同夢影般體會到身畔的涼意。

童真〈穿過荒野的女人〉和蕭瓦特（Elaine Showalter）〈走過荒野中的女性主義文學批評〉篇名相似，內在精神應和。童真筆下的角色以實際的行動，突破男性家國勢力的封鎖，並呼籲讀者穿過荒野後也能伸展出像巨鷹般有力的羽翼，在恬淡自適的新天地馳騁思想。這是童真的內在話語，也是張秀亞引介的《自己的房間》所帶給眾多女性讀者的心靈啟示錄。

參考書目

艾雯，〈生活的羅盤〉，《中央日報．婦女與家庭週刊》（一九五四年十二月八日），收錄於《生活小品》（臺北：國華，一九五五），頁一二〇—一二三。

艾雯，〈偷得浮生半日閒〉，《中央日報．婦女與家庭週刊》（一九五四年五月二十六日），收錄於《生活小品》（臺北：國華，一九五五），頁九一—九三。

林海音，〈金鯉魚的百襇裙〉，《燭芯》（臺北：純文學，一九八一），頁六三—八〇。

林海音，〈為時代裁衣：我的寫作歷程〉，《生活者．林海音》（臺北：純文學，一九九四），頁九四—九九。

林海音，〈燭〉，《燭芯》（臺北：文星，一九六五），頁三九—五二；《燭芯》（臺北：純文學，一九八一），頁四七—六二。

范銘如，〈臺灣新故鄉：五〇年代女性小說〉，《眾裡尋她：臺灣女性小說縱論》（臺北：麥田，二〇〇二），頁一三—四八。

張秀亞，〈晴陰〉，《文學雜誌》第一卷第三期（一九五六年十一月），頁四一—四五；《張秀亞全集十一：小說卷》（臺南：國家臺灣文學館，二〇〇五），頁二五五—二六二。

張秀亞，〈遺忘〉，《文學雜誌》第二卷第四期（一九五七年六月），頁五〇；《張秀亞全集一：詩卷》（臺南：國家臺灣文學館，二〇〇五），頁一四九—一五〇。

童真，〈穿過荒野的女人〉，《黑煙》（臺北：明華，一九六〇），頁一七〇—一七一。

維金妮亞・吳爾芙（Virginia Woolf）著，張秀亞譯，《自己的房間》（臺北：純文學，一九七三）。

延伸閱讀

邱貴芬，〈從戰後初期女作家的創作談臺灣文學史的敘述〉，《後殖民及其外》（臺北：麥田，二〇〇三），頁四九—八二。

封德屏，〈遷臺初期文學女性的聲音：以武月卿主編《中央日報・婦女與家庭》為研究場域〉，李瑞騰編，《永恆的溫柔：琦君及其同輩女作家學術研討會論文集》（桃園：國立中央大學中文系琦君中心，二〇〇六），頁三—二七。

梅家玲，〈性別論述與戰後臺灣小說發展〉，梅家玲編，《性別論述與臺灣小說》（臺北：麥田，二〇〇〇），頁一三—二九。

陳芳明，〈在母性與女性之間：五〇年代以降女性散文的流變〉，李瑞騰編，《霜後的燦爛：林海音及其同輩女作家學術研討會論文》（臺南：國立文化資產保存研究中心籌備處，二〇〇〇），頁二九五—三一〇。

應鳳凰，《畫說一九五〇年代臺灣文學》（臺北：遠景，二〇一七）。

瓦解家國的小女聲：六〇年代現代主義的潘朵拉之盒

黃儀冠

最高的國防與最低的慾望

戰後國家文藝體制朝向反共文學的獎勵機制，五四思潮的左傾路線受到阻礙，而島內的威權壓抑創作的自由，導致日治時期本土文化傳統的斷裂與三〇年代左翼理想的缺席。雙重的文化斷裂，使文藝青年產生失根的精神流浪，其漂泊與放逐正好與現代主義接軌；叛逆的聲音、憂傷的調性與戰後的徬徨青年情感共振。

在戒嚴體制下，最高國防宰制身體論述與慾望流動，使內在真實情感受到嚴密的防堵，文學與鄉土、文學與心靈都產生乖隔與疏離。全球美蘇的冷戰對峙壁壘分明，臺灣高度戰備狀況伴隨著白色恐怖的緊張氛圍，時時處在被窺伺監禁的心理，正提供六〇年代現代主義發展的條件。政治監控與窺視文化所滋長的壓迫、痙攣、扭曲的人性變形，使當時的文學青年尚未理解何謂「現代性」，就朝向存在主義的疏離與異化，往荒謬精神異世界奔逃，而此種沒有根由的反叛與思維模式，乃是青年既反抗又屈從於恐怖威權與美援文化所帶來的生存處境。

隨著美國「垮掉的一代」（beat generation）高唱反戰、愛與和平，波希米亞式的自由，正應和臺灣內部封鎖與苦悶，對人的存在價值產生懷疑，因而促成浮游無根、自我放逐與浪跡天涯的個人抒情時代。在思想箝制縫隙間向西方借火，偷渡自由人權與跨界實驗；前衛畫家筆下是普普藝術康寶罐頭；街頭廣告充斥可口可樂、牛仔褲、西洋歌曲等美式文化；劇場上演著荒謬劇《等待果陀》；文藝雜誌介紹艾略特、喬哀思、沙特等人作品。歐風美雨大行其道。

此時，《自由中國》引導自由主義的思潮，《現代文學》則帶來現代主義創作的實踐，為六〇年代西方文藝思潮開了先河，也引領臺大外文系一批女作家包括歐陽子、陳若曦、叢甦等。六〇年代亦是海外留學潮的起點，於梨華、聶華苓、李渝等以異鄉／原鄉、現代／傳統雙重視角重審新世界的華人女性。一反所謂女性文體感傷纖柔的刻板印象，她們形塑突圍的勇敢女性，將傳統融於現代，藉西洋澆胸中塊壘，把古今中外揉雜成獨特的角度，遠離家園，逃脫僵固的封建，投奔自由女神。

在最高國防的禁錮下，各式情感與慾望只能透過文學諷喻或幽微夢囈方式表達自我存在，抒發對於現實環境所感知到的疏離、空洞、沉悶與焦慮不安。此時期的女性書寫以創

1949 年簡錦錐跟六位白俄羅斯人於大稻埕開設「明星咖啡屋」，吸引許多文人到此寫作，包括白先勇、黃春明、施叔青、陳若曦、林懷民等，周夢蝶則長期在樓下擺設舊書攤。

作開鑿內在暗黑心理、女性敘事聲音，以及荒誕變形且光怪陸離的卡夫卡世界。

解構家中天使：歐陽子與吉錚

歐陽子是人性原始森林的勇敢探索者，也是位心理寫實專家，勇於突破文化及社會禁忌。她擅長運用大量對白或獨白展現主角心境，尤其以意識流的寫作手法，細膩表現女性內在深處的幽暗面。她留學美國涉獵女權運動的學術理論，著手翻譯西蒙波娃的女性主義經典名著《第二性》，可說是理論與創作兼擅的文壇健將。

〈魔女〉塑造一位不顧禮教，漠視傳統婦德，追求自我情慾的母親。有別於偉大慈母的歌頌，小說由女兒視角敘述，以充滿懸疑的筆調，先是猜疑母親再婚的對象，一步步瓦解母親原先如家中天使的美好形象，揭露如同惡魔般的魔女面貌。母親嘶吼著：

> 人人以為我是德性高超的女人。人人把我當做模範妻子、模範母親。你爸爸，至死以為我愛著他，我真有點可憐他起來了。我和他，和平相處二十年，從來沒爭吵過。你以為這就叫愛情？我沒跟他吵架，只因為我不在乎，對他一切全不在乎。……你沒法了解，除非有一天，你也像我一樣，死心塌地愛上一個人。

原本高尚、受人尊崇的聖母，崩壞為受慾望吞噬、心機深重的恐怖慾女。歐陽子將小說焦點由外在的寫實描摹，轉向女性意識的探索——母親內在慾望的坦露乃是對父權的一種挑戰。

〈花瓶〉的主角石治川把花瓶想像成妻子，透過戀物癖以滿足性慾，妻子直接戳破其變態行徑，他因而惱羞成怒，想舉起花瓶將之摔碎，然而花瓶彷彿有自己的意志般，高傲地挺立著，結果高高在上的丈夫竟像個孩子般大哭大鬧。此篇小說一方面運用心理分析談男性滿足性慾的本我與大丈夫男子漢的尊嚴超我，彼此產生強烈衝突，另一方面藉由「花瓶」象徵男性欲將女性物化與客體化卻不可得，如同女性不順從男性宰制，不當聽話的妻子，擁有自由意志。

在美援文化的浪潮下，女性也爭取留學出國，一圓美國夢，描繪留學生的作品此時迭有佳作，如於梨華《又見棕櫚，又見棕櫚》即蜚聲文壇。當時留學海外的女作家撰述異國見聞，受東西文化衝擊，及內心的追尋與苦悶。吉錚於一九五五年留學美國，創作主題亦關注女留學生的求學職涯及婚戀問題，尤其是懷抱美國夢及遠大理想的菁英女性，選擇婚姻之後昔日豪情壯志轉眼成空，漸漸失去自己成為閨中怨婦，在異鄉生根變成一棵哭泣的樹。

〈會哭的樹〉透過接到昔日好友來信，回顧少女時期遠渡重洋，學成之後即選擇安全的歸屬：「到必念的書念完了，手裡捧著一頂黑色的方帽子，心裡會突地一空；何去何從？大公司裡的小職員，小公寓裡的長期住客？結婚似乎比念書必然而且自然，不結婚做什麼呢？不結婚既不邏輯，也不安全。」覓得良緣之後，女大學生或研究生就轉為中產階級郊區主婦，化為成功男人背後的賢內助。在長久空虛寂寞的異鄉生活，「從把夢頂在頭上的大學生，到把夢捧在手中的留學生，到把夢踩在腳下的家庭主婦」，個個患了「主婦病」！在後記裡，吉錚自道這篇具有半自傳意味的作品，獻給女留學生，「那些過了做夢的年齡，扔不掉夢的影子，不是不快活，只是不是快活的人！」

婚戀的敘寫仍是當時女作家關懷的主題。傳統觀念賦予「女人最重要的是嫁一個好丈夫」的魔咒，使得每個女人都有婚配生子的潛在壓力。受過高等教育的女性無法一展長才，走入家庭相夫教子，犧牲自我實現的機會，內心的失落不言可喻。不論吉錚或歐陽子都企圖擺脫性別角色的窠臼，不甘平凡的家庭主婦嘗試踰越道德倫理界線，翻轉賢妻良母的刻板形象。然而顛覆「家中天使」不容易，短暫出走或精神出軌後，有些會回到原本華人家庭結構與秩序，但更多的結局是被逐出家庭或華人社群，甚且瘋癲抑鬱以終，現實上女性的叛逆仍不見容於父權社會。

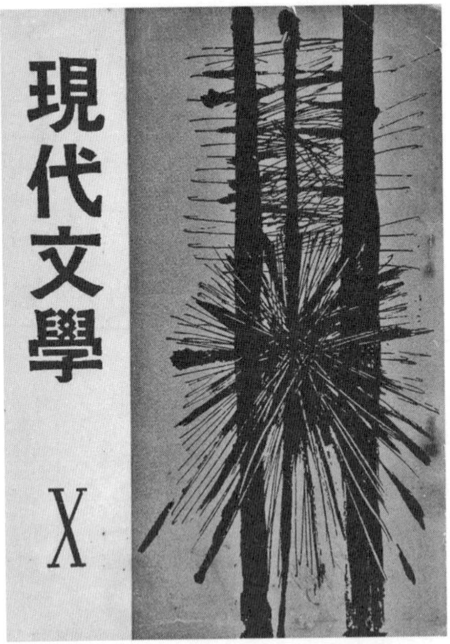

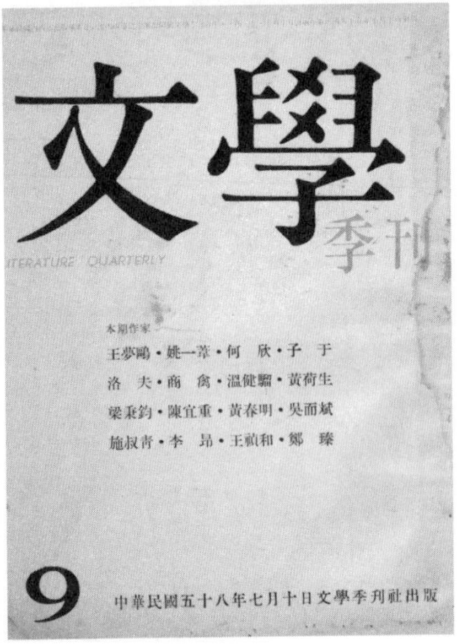

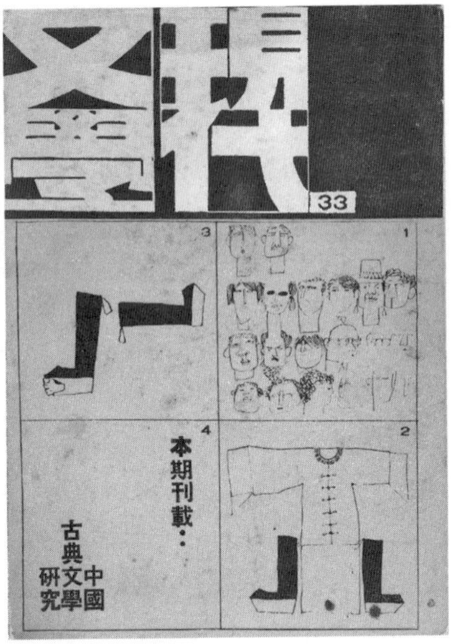

陳若曦〈最後夜戲〉、歐陽子〈魔女〉與施叔青〈火雞的故事〉於六〇年代分別發表於《現代文學》第 10 期、第 33 期以及《文學季刊》第 9 期。《現代文學》是當時引領現代主義文學的重要刊物，《文學季刊》則發掘許多現實主義作品。

打開女性鄉土的潘朵拉：陳若曦與施叔青

鄉土之於女性，並不是古典詩文所謳歌的桃花源，亦不是作家筆下所嚮往的原鄉樂土。此時的文藝少女以略顯青澀的現代主義技法，打開鄉土的潘朵拉盒子，發現鄉土奇詭怪誕、陰暗神祕的一面。民間信仰伴隨鬼魅傳聞、鄉鎮街上邊緣底層的畸零人、巷弄屋舍空間的閉塞與幽黯，處處帶來心靈上的驚怖與陰影。

陳若曦關注社會底層小人物，以質樸文字抒發對現實的感懷，就讀臺大外文系時，積極參與《現代文學》的創作與編輯工作，善長以現代主義及意識流筆法描繪鄉土人情世故，後留美並見證大陸文革，感時憂國，寫下代表作《尹縣長》。創作初期的小說呈現本土化的現代主義，充滿濃厚的寫實與民俗氛圍。〈灰眼黑貓〉開篇即談到鄉土的傳聞：「在我們鄉下有一個古老的傳說：灰眼的黑貓是厄運的化身，常與死亡同時降臨。」其筆下人物多為中下階級，有著守舊、貧苦與迷信的特質。

她曾在〈巴里的旅程〉云：「從我旅途上的見聞看來，一切都是矛盾，沒有任何一件事物本身是正確，中庸，可信，而絕對的。所以，既不能『承認』，我便『否定』，朋友，我開始『否定』一切。」從否定開始，陳若曦覺察父權社會的種種規範及限制，重新思索作為一個女性如何生存於各式的綱常與密織的律法。女性在傳統鄉土文化中受到階級與父權的雙重壓迫，對昔日固有的倫理階序、男尊女卑與婦德要求重新檢視，甚且全盤否認——對於生命的旅程以及對於生命意義的扣問，乃是女性意識覺察與存在主義的起手式。

〈最後夜戲〉的表層結構描繪臺灣歌仔戲受現代化、都市化的衝擊而日漸沒落，深層結構則談女性在鄉土與現代之間的左絀右支：在邊緣求生的旦角，如何兼顧唱戲與母職？女主角金喜仔雖想撫育小孩，然而現實環境卻是難以兼顧：「撫養阿寶的艱苦一下子全浮上腦海，她願意為孩子犧牲一切，只要保有他；也就是為這一點決心，她放棄一次嫁人做續弦的機會，失去觀眾的愛戴……可是，這一切似乎只換來悲慘的結果。」小說揭露鄉土不堪的一面，旦角心事重重，因而陷入臺上忘詞、進退不得的窘境，預告傳統戲曲已是日薄西山，也呼應著女性卑微狼狽的後臺人生：

> 為了生活，她要不斷地上臺。在這個歌仔戲沒落的時候，戲旦已經遠非昔比了。十年前，旦角由她挑，唱一臺戲的收入可以吃喝一個月；現在老闆只要不滿意，可以隨時解雇她。

〈最後夜戲〉述及傳統文化的沒落與底層女性現實的困境，臺上女主角光環不再，臺下獨立哺育孩兒艱難，道盡鉛華褪色的戲旦哀歌。

施叔青第一本短篇小說集《約伯的末裔》像是夢魘似的意識流書寫，如患了分裂症的精神虛幻異世界，有一種奇異、瘋狂、醜怪的美。「性、死亡與瘋癲」是她小說中循環不息的主題，鹿港環境與現代主義使她的小說滲透詭譎病態的傳統鄉俗世界，代表傳統與現代兩種文化衝撞與交融的產物。

〈火雞的故事〉講述鄉鎮小學每天晨間衛生檢查，女同學們被趕出教室，一個挨一個對著日光互相抓頭虱：

前面女生的頭髮發著一蓬蓬的酸味的熱氣，我把她那軟塌塌的骯髒頭髮，一片片撕開，從髮隙間照看白花花的太陽。一縷縷強威的光圈，將黏在髮角的無數個頭虱卵子給迫射得差點要跳出一隻隻活虱子。

「捉虱的女孩」因頭髮上有頭虱而受到同學排擠和嫌棄，覺得自己如同以前村裡的痲瘋病男人，身體像極開始腐爛的死屍。女孩回到家，躺在床上，內心意識流盪，想到明天洗頭時，那滿盆溢出的死虱子；又想到鄰居阿里走失的火雞是否能找回來，聯想到阿里的公公腳踝靜脈瘤曾經破裂，血流不止，她見狀嘔吐一地酸水；接著想到自己捧著裙兜，裡頭滿滿是紅色血塊……無止無盡的自由聯想與內心獨白使少女世界不再甜美，反而充滿妖豔的鬼氣森森，使小說的鄉土空間散發出一種詭祕的氛圍。

〈壁虎〉以意識流手法，呈現少女性啟蒙經驗，洞悉「性」的可怕力量。以鄉間常見的壁虎比擬大嫂毫不掩飾的強烈情慾及生殖力，隱祕的性事突然赤裸展現眾人眼前，衝擊傳統保守的小鎮：

> 他們沒有精神力量和一切秩序，只有披滿酒與情，如同赤裸的壁虎，無恥存活，而在古風的小鎮上，就如同我們這軒特樣的現代建築不被容允，我們滅殺了道律傳統的價值。我只有整天對著一張張扭曲了的臉，無可逃避地作著回視。我害怕看到大哥緊閉屍灰的嘴唇。

小說以「我」作敘事觀點，將患有肺病的少女心理狀態，自然而深刻呈現出來，運用內心獨白的敘事聲音，描繪潛意識中的性愛心理，將少女的不安與慌張發揮淋漓。女性書寫鄉土的幽黯面，如同打開一個原本封存不可言說的禁忌，以怪誕且豔異的色彩渲染鄉俗的世界。

自由中國雜誌社同仁與文藝界人士合影，攝於五〇年代，後右四起何凡、雷震，前右一起聶華苓、林海音、韓秀，前左二為琦君。

漂泊的道德浪女：聶華苓

誰怕蔣介石？
誰怕毛澤東？
Who is afraid of Virginia Woolf？

——聶華苓，《桑青與桃紅》

《自由中國》文藝主編聶華苓，歷經雷震案後，出走至美國。七〇年代初小說《桑青與桃紅》連載於聯合報副刊，隨即遭腰斬，一直到解嚴後才得以正式在臺灣出版。此本小說的出版史如同主角歷經漂泊與離散，在複雜的政治風向與族裔認同間載浮載沉，其多重的論述位置涵蓋了女性主義、移民遷徙與兩岸人民流離史，被學界譽為描繪族群離散的文學經典。

小說時空座標從女主角抗戰前夕離家，逃難於大陸淪陷前的北京，在臺灣度過五〇年代白色恐怖，繼而身世飄零於六〇年代越戰方酣的美國。出走、逃難、離散、流放，惶惶於鄉關何處，又何處是女兒家？在大歷史敘事框架下，小說以大時代兩岸政治變化為經，以主角身體流浪感情史為緯。女主角經歷戰亂流亡，兩岸強權意識形態之爭，一路顛沛流

左一起鍾梅音、聶華苓、劉枋、琦君、劉咸思。

離浪跡天涯，身分認同也從循規蹈矩的桑青轉變成放浪形駭的桃紅，飄零離散的女性在地圖上找不到歸屬，也不願被囿限於父系家國的定義下生活。我們閱讀到桑青私密的日記，及桃紅寫給美國移民官的信件，此種國族歷史與個人生命史的交錯，展現一個父權中心「男性豐功偉業」與邊緣「女性私德日記」的辯證交鋒。由於父權秩序裡陰性慾望或身體情慾是不可言說的禁忌，一切違逆尊父之名的言談舉止皆被視為踰矩，女性被壓抑的潛在能量，則以非理性文字書寫、幻想、夢的囈語，再現各種女性驅力。

最初的楔子挪用「刑天舞干戚」的神話。刑天是個巨人，在戰場上被黃帝斬首，然而他並沒有屈服，依然以乳為目以臍為口，奮力要找天帝復仇。被斬首的身體代替頭腦頑強抗爭，如同被儒家道統所約束的桑青，最後變成無君無父自由自在的桃紅，凸顯女人身體反制父權律法的顛覆能量。女性主義評論家西蘇（Hélène Cixous）倡議的「陰性書寫」，即鼓舞女性以自然為師，作身體書寫，挪用陽性的筆但沾染白色的乳汁，開創陰性慾望的語言，讓長期受父權壓迫的思想論述，如同桑青的女兒「桑娃」學會站立、行走、跳舞，辨識草木蟲魚天光雲影，甚至乘著想像的羽翼飛翔；讓一具具被淩遲、受辱、遭到拘禁的女體出走，飛越踰矩，遨遊在規範之外，回歸到自然人，不再受人為刻板國族／種族／性別的區分。

最終的跋是永恆在路上的「帝女雀」，作者尋到神話源頭，將語言符碼從父權神壇消解，奪回歷史上陰性話語權。帝女雀即是精衛，這柔美雀鳥是炎帝的小女兒，不屈不撓的精衛填海原是個女兒家的故事，有著最小的身體卻有最強大的意志，不斷地來回飛翔，不願永久停駐在一個定點，象徵陰性女力嚮往多元認同，遊走越界，向外尋求自我重生與海闊天空。

六〇年代的女性書寫異彩紛呈，有從現代主義出發的小女聲，援引西方意識流手法，挖掘內在心靈幽黯面；有從鄉土空間魅影點出民俗文化跟女性的關係，探究女性在鄉土中的卑微弱勢與雙重壓迫；更有出走海外，越界漂浪的女作家，描寫受高等教育的女性，走入婚姻之後的閨怨心情。才華洋溢的女性書寫者剖析兒女心事、家國認同、民族危機，甚且成為瘋婦挑戰傳統道統倫常與父權律法。這一代的女作家在專制政治惘惘的威脅與父權綱常的禁錮下，以書寫點亮女性意識的火花，連結時代風潮與個人成長，運用多層次敘事，展露陰性書寫的潛能與顛覆性，使幽微的女性聲音浮出歷史地表。

參考書目

吉錚，〈會哭的樹〉，《中央日報副刊》（一九六五年三月），收錄於《孤雲》（臺北：文星，一九六七），頁一—八。
於梨華，《又見棕櫚，又見棕櫚》（臺北：皇冠，一九六七）。
施叔青，〈火雞的故事〉，《文學季刊》第九期（一九六九年七月），收錄於《那些不毛的日子》（臺北：洪範，一九八八），頁九—一六。
施叔青，〈壁虎〉，《現代文學》第二三期（一九六五年二月），收錄於《那些不毛的日子》（臺北：洪範，一九八八），頁一—七。
施叔青，《約伯的末裔》（臺北：仙人掌，一九六九）。
陳若曦，〈巴里的旅程〉，《現代文學》第二期（一九六〇年五月），收錄於《陳若曦自選集》（新北：聯經，一九七六），頁七一—八四。
陳若曦，〈灰眼黑貓〉，《文學雜誌》第六卷第一期（一九五九年三月），收錄於《陳若曦自選集》（新北：聯經，一九七六），頁四七—七〇。
陳若曦，〈最後夜戲〉，《現代文學》第一〇期（一九六一年九月），收錄於《陳若曦自選集》（新北：聯經，一九七六），頁一四一—一五四。
陳若曦，《尹縣長》（臺北：遠景，二〇〇三）。
歐陽子，〈花瓶〉，《中外畫報》（一九六一），收錄於《秋葉》（臺北：爾雅，一九八〇），頁五三—六五。

歐陽子，〈魔女〉，《現代文學》第三三期（一九六七年十二月），收錄於《秋葉》（臺北：爾雅，一九八〇），頁一六五—一八一。

聶華苓，《桑青與桃紅》（臺北：時報，一九九七）。

【小專欄】

不「女子」的女子：郭良蕙的「《心鎖》事件」

高鈺昌

她的赤裸裸使她得變得單純起來。一切矛盾的觀念都已不復存在，她只知道自己正半昏迷地接受著一個令她醉心的男人的瘋狂撫愛，然後有一種神奇的力量將她向上推動，向上，向上，越推越高……

——郭良蕙，《心鎖》

一九六〇年代的《心鎖》，是當時臺灣文學討論慾望的邊界。此一邊界的劃定，不僅只在文學文本的禁忌內容，更是關乎整個臺灣文壇和相關協會對於女作家形象的僵固判準。

一九六二年一月四日，作家郭良蕙的小說《心鎖》開始在《徵信新聞報》（今

《中國時報》的前身）連載。連載期間，小說女主角夏丹琪婚前與男友范林發生性關係，婚後，既與成為妹夫的范林持續糾纏，更與小叔夢石有了另一段情慾探索的「黃色」內容，成為眾人討論的話題。同年九月，大業書局便出版了《心鎖》的單行本，蔚為風行。

亦在同年的十一月，「臺灣省婦女寫作協會」逕向內政部檢舉告發，認為此書應被查禁；郭良蕙，同為此協會的成員。而在隔年一月，臺灣省新聞處便以該書違反《出版法》為由，正式查禁該書。

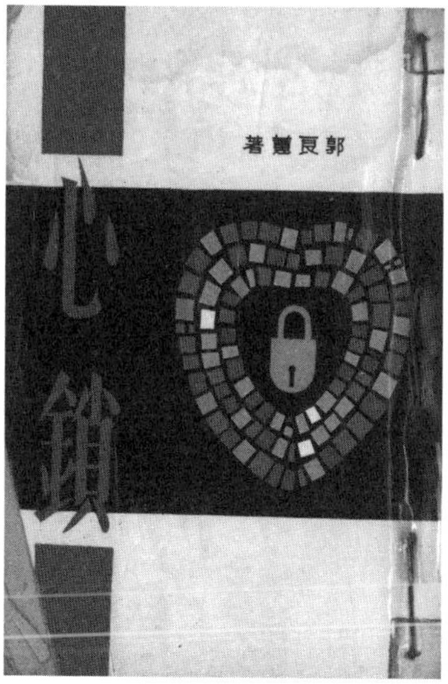

郭良蕙《心鎖》於1962年由大業書局首次出版。

該不該被查禁？書的內容是否恰當？是黃色小說，還是自然主義筆下的慾望如實呈現？因《心鎖》而來的種種話語交鋒，轟動了當時的整個文壇，一九六三年十月，五洲出版社甚至出版了相關的討論文集《心鎖之論戰》。而在臺灣被禁錮的《心鎖》，卻在香港得到諸多正面的迴響。此外，也因《心鎖》衍生的風波，郭良蕙先後被當時臺灣文壇的三個重要協會「臺灣省婦女寫作協會」、「中國青年寫作協會」及「中國文藝協會」，開除會籍。

在中國文藝協會發出的聲明裡，認為郭良蕙的《心鎖》：「意識極為誨淫，內容尤多亂倫與性行為之描寫，對於社會道德、善良風氣及青年心身健康，均有不良影響。」而在作家謝冰瑩，於《自由青年》發表的〈給郭良蕙女士的一封公開信〉裡，郭良蕙的身體形象，像是觸犯某種女性／作家的禁忌：「……對於你的長髮披肩，似乎感覺不大舒服，主要原因，還是怕你不方便；同時也太不像一個『作家』的風度了！」是文字，亦是作者，《心鎖》事件連帶而起的討論，折射出當時的臺灣文壇和社會，那道對於女性作家、情慾想像的隱微界線。

這道界線延續了二十多年。一九八六年《心鎖》再次出版後，因當時《出版法》尚未廢除，遭到二度查禁的命運。爾後臺灣宣布解嚴，直至一九八八年，《心鎖》才終於解除了禁令。

在一九六〇年代，臺灣集體提倡愛國情操、反共抗俄的主導文化之下，夏丹琪和郭良蕙這對翩然出現的女子，意外共構成一面清澈的鏡子：它既照映出人性、慾望和情慾的黑暗面貌，也照映出文學創作和臺灣女性的不自由。

郭良蕙在一九九八年回溯此一事件時，如此總結說道：「任何國家的寫作者都在爭取寫作自由，作家寫什麼不能規定他……」終究，無論何時，臺灣追求進步意識的作家和女性們，都在不斷發出同樣的聲音。

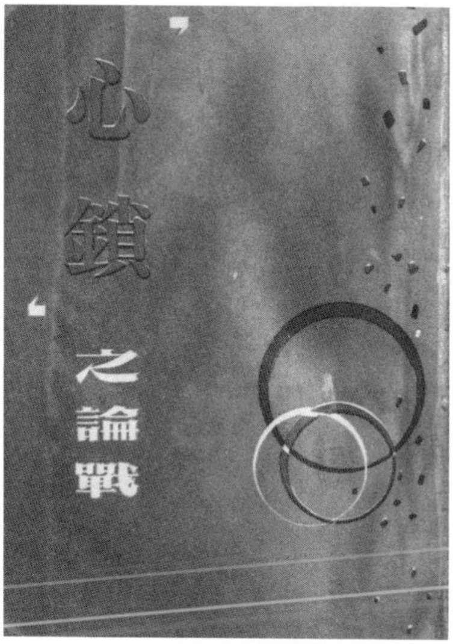

《心鎖》在當時掀起騷動，各界多有討論，甚至於1963年集結成《心鎖之論戰》，由余之良編輯、五洲出版社出版。

在父權與威權的夾殺中突圍：七〇年代新女性主義運動與文學

李淑君

失去縱的繼承、只好橫的移植：婦運的戰後斷層帶

臺灣婦女運動與新女性論述自日治時期、戰後初期都有所發展，然而一九五〇至六〇年代的白色恐怖高壓，以及國民黨婦女工作會「以婦女工作取代婦女運動」等因素下，婦女運動與性別運動相對沉寂。因此，日治時期以來的婦女運動在戰後出現斷層，直至七〇年代，在第二波全球婦運、國內政治局勢轉變下才再次展開新的局面。此一時期的婦女運動失去歷史上「縱的繼承」，而更多向西方汲取養分的「橫的移植」——從婦運的發展也可窺見臺灣威權政治的力道。

七〇年代臺灣婦女運動的發展與難題，須置放在國際局勢與國內政治上來理解。一九七五年，聯合國定為「國際婦女年」（International Women's Year），可說是第

二波婦運的延續。第二波婦運性別意識上強調「女性自覺」（consciousness raising）、「個人即政治」（the personal is the political）和「有力的姊妹情誼」（sisterhood is powerful）。而國內政治上，蔣介石過世但政治依然高壓，《臺灣政論》創刊、黨外雜誌與行動逐漸興起。在國內外局勢下，七〇年代新女性主義論述與行動面臨了政治威權與傳統父權的雙重挑戰，但也同時引介歐美婦運與女性主義思維，並將新思維融入政治行動與文學實踐當中。

拿鍋鏟與拿筆桿VS大國家與大男人：呂秀蓮「大眾的女性主義小說」

一九七一年開始，呂秀蓮在《聯合報》、《中國時報》、《青年戰士報》、《人與社會》、《臺灣時報》、《幼獅月刊》、《八十年代》、《中央日報》、《法律世界》、《中華日報》、《婦女雜誌》等媒體刊物發表文章，討論社會的種種問題。其中，一九七一年的〈傳統的男女角色〉一文批判舊傳統，企圖展開新女性主義論述。當時女性處境的爭論中，「防止大專女生過多」與「鍾肇滿殺妻案」為兩大關鍵事件：大學生女性比例越來越多，許多保守分子認為要防止女性讀大學以避免浪費社會資源；留美博士鍾肇滿因懷疑妻子移情別戀而殺妻，卻贏得社會對於男性被戴「綠帽子」的同情與支持。殺妻案促使呂秀蓮在《中國時報》刊出〈貞操與生命孰重？〉一文，而種種爭論也促使她進一步成立「拓荒者之家」作為婦運推展的根據地。

呂秀蓮分別到美國、日本與韓國考察婦運，並於一九七六年成立拓荒者出版社。一九七七年赴美進修，一九七八年以黨外身分返回臺灣參加國民大會代表選舉。一九七九年呂秀蓮與張春男等黨外民意代表候選人在臺中遊行，卻遇警方以三輛大型遊覽車載滿鎮暴裝備的員警陪同，並以消防車向聚集群眾噴水。同年十一月，呂秀蓮、姚嘉文等人舉辦「美麗島之夜」，並為吳哲朗舉辦坐監惜別會。年底，美麗島事件發生，警備總部以「涉嫌叛亂」逮捕了呂秀蓮、陳菊、蘇慶黎。呂秀蓮因此入獄。

呂秀蓮提及入獄前的婦女運動，除了收到黑函抨擊擾亂家庭秩序之外，更飽嘗特務監控的苦頭。如「拓荒者之家」的經理為國民黨特派來臥底監控，在特務系統滲透下，出版社的活動因此停歇。美麗島事件後，新女性主義運動除了遭到扭曲、醜化，還面對「看不見的黑手」——情治機構——的騷擾、阻礙。甚至調查局的偵訊人員要求呂秀蓮「自白」：「倡導新女性運動，意在動盪社會，尤其製造國民黨統治階級間夫妻的反目成仇，好便利於臺獨活動⋯⋯」。傳統上女人應被馴服為賢妻良母，新女性主義因而被視為異端邪說，呂秀蓮的信箱裡「經常擠滿威脅與猥褻下流的信件」，在戒嚴時期更面臨國民黨黨國威權的監視。

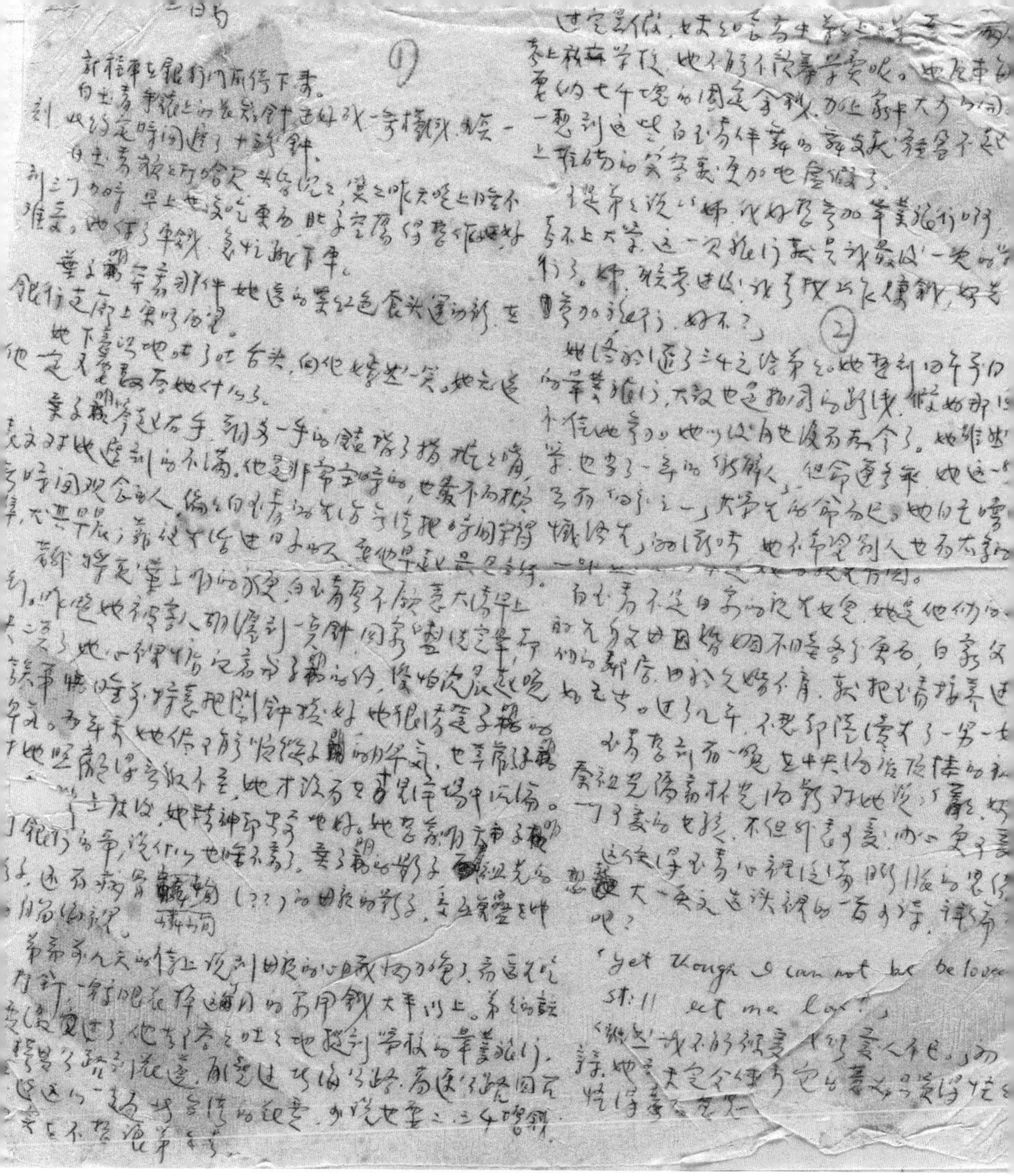

美麗島事件後，呂秀蓮入獄至 1985 年，期間以衛生紙作為寫作稿紙，其中〈三百萬〉即她以「新女性主義」為中心思想創作的小說，後發展成〈這三個女人〉。

呂秀蓮入獄後，於景美軍法看守所與土城仁愛教育實驗所書寫〈這三個女人〉、〈拾穗〉、〈小鎮餘暉〉、〈貞節牌坊〉四篇小說，後收錄於《這三個女人》。此四篇小說呼應她所倡導的「新女性主義」，作家李昂也稱此書是加入大量婦女解放觀念的「大眾的女性主義小說」。

〈這三個女人〉書寫三種女性的典型：高秀如為批判婚姻制度、追求自我實現、超越傳統的女性，非常接近呂秀蓮新女性的形象；汪雲則是處於光譜的另一極端，是傳統知足的賢妻良母，與丈夫漸行漸遠後，驚覺自己在婚姻中失去自我；許玉芝則是內在充滿衝突掙扎，擺盪在自我實現與婚姻家庭的夾縫中。許玉芝婚後回憶起自己曾有的雄心壯志：

> 我的豪情壯志？不錯，在我踏入婚姻的門崁前，我確實有過要出人頭地的志願，我要為母親不爭氣的肚皮爭一口氣。據說媽剛過門的時候，得很多家長的歡心，尤其是守寡多年的阿嬤。然而隨著我和三個妹妹的相繼出生，她的地位就每下愈況了，相對地，梅姨的身分則因生了兩個兒子而水漲船高。

許玉芝看見母親那時代女人的「菜子仔命」，努力想改變女性的處境。然而，步入婚姻之後，因孩子的出生而離開講師教職，且隨著丈夫求學而赴美：

徹徹底底當上家庭主婦外，其餘的都不實在，也不可能了，我整個投注在秉坤和孩子們的身上，漸漸忘掉了自己，甚至忘掉了自己姓甚名誰啦。新婚時，朋友喊我何太太，我陌生得反應不來，現在嘛，除了秉坤，有誰會叫我許玉芝呢？

許玉芝的困境，正如同女性主義者貝蒂．傅瑞丹（Betty Friedan）在《女性迷思》（*The Feminine Mystique*）所言：女性被迫成為「某太太」的關係性角色，無法自我實現而陷入壓抑、無聊、孤獨的「無名問題」。

《這三個女人》可說是新女性主義理念下出現的小說創作，而一九八六年完稿的長篇小說《情》則是「換個方式闡揚新女性主義」，寫作手法不像前者寓意鮮明，而是更具文學性地呈現人物的複雜性。小說敘述泥水匠根仔伯的長女阿彩幼年被賣入娼寮、次女李玉蘭為供應哥哥讀書而輟學當女工，涉及工廠女工遭受權勢性交、女性失學養家、單身女性等議題。此外，呂秀蓮也從自身的觀察，寫到留學海外、參與海外臺灣民主運動的男性背後有本土的、草根的女性在經濟上支持，才得以成就其光環與理想。

《情》是開拓許多性別議題的長篇小說。呂秀蓮在小說中也討論到單身生活的兩個要素：「一是自由，一是孤獨。單身是否快樂，就要看他所享受的自由是否大過他所忍受的孤獨而定。」在一九八〇年代便提出單身與女性自主的辯證。呂秀蓮的《這三個女人》與《情》可以說是與新女性主義運動相伴而生的小說作品。

從《婦女新知》到「眾女成城」：李元貞的憤怒與私語

七〇年代末到八〇年代，身為詩人、學者、婦運者多重身分，李元貞為女性思潮的重要推動者。李元貞一九七六年自美返國後，參與《夏潮雜誌》撰稿、淡江校園中的民歌及鄉土文學運動，並與蘇慶黎、楊祖珺一起籌備「青草地歌謠慈善演唱會」。同時，她也前往拓荒者出版社拜訪呂秀蓮，支持新女性運動。

一九七九年美麗島事件大逮捕，反對運動受到很大的挫折，李元貞也被調查局及學校約談。李元貞提及美麗島事件後從事婦女運動，源於對國民黨抹黑民主運動與意識形態控制所產生的無可宣洩的「憤怒」，因此在一九八二年創辦「婦女新知雜誌社」是為憤怒找到有意義的出口。從一系列美麗島相關的詩作中，可讀到李元貞對威權的憤怒，如美麗島事件後所寫的〈歷史的恥辱〉：「我的眼睛／這樣明明白白／每天讀著撒謊的報紙／我的耳朵／這樣轟轟隆隆／每天聽著瞎喊的電視」「高雄事件被誣衊成叛亂／美麗島吞聲忍辱／特務魔爪到處抓人／人民無知不安被催眠／三十年培養出覺醒的新生代／如此兇惡地被執政黨鎮壓」。

李元貞，簡扶育攝，出自《婦女新知》第 9 期（1982）。
圖片提供：婦女新知基金會

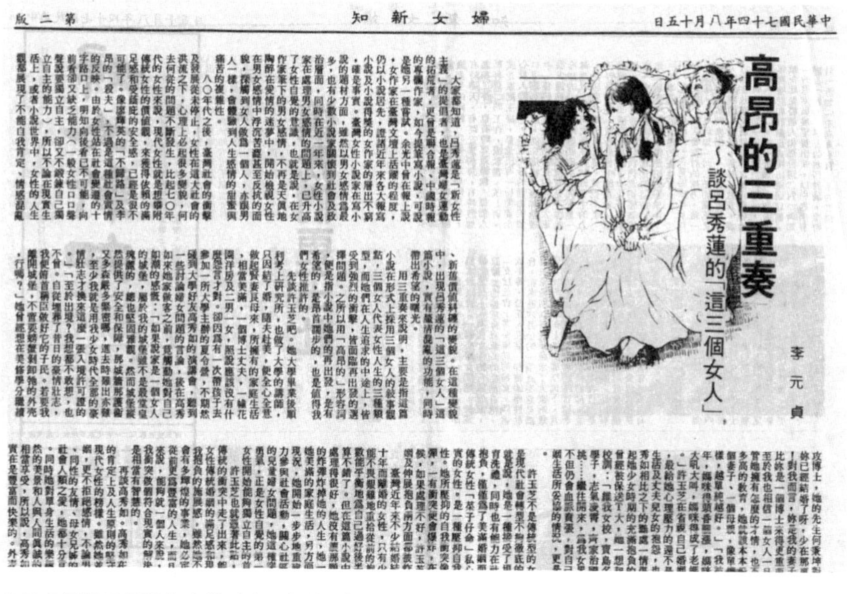

中華民國七十四年八月十五日　婦女新知　第二版

高昂的三重奏

~談呂秀蓮的「這三個女人」

李元貞

李元貞評論呂秀蓮的小說〈這三個女人〉，出自《婦女新知》第 39 期（1985）。
圖片提供：婦女新知基金會

李元貞在詩作中除了對抗女性壓迫，也對勞工、原住民、障礙各種弱勢人權支持，也「絕對反抗政治的獨裁專制」。

李元貞領導《婦女新知》雜誌，在薪火相承的意念上展開了另一階段的婦運。一九八七年解嚴之前，《婦女新知》內容即涵蓋西方女性主義論述譯介、以女性主義觀點討論中外文學與電影、討論婦女相關法案、追求平等的公共參與、批判傳統性別特質、提倡工作平等權、強調意識覺醒等。李元貞也將性別思考融入小說創作中，如探討女性性慾的《愛情私語》、已婚女性的成長小說《婚姻私語》等。

在《婚姻私語》中，主角何來明在婚姻中失去自我、重建自我、並正視自己慾望。何來明在婚後原本一心期待依附婚姻且築一個溫暖的巢：

> 以我的學歷，我本可以到社會上去工作，成為中學老師、公司裡的祕書，或政府機構裡的公務員。然而我那時最想得到的身分是某某人的太太。……婚後成為陳太太，我有一種安定的心情。我一生的圖畫開始清晰，我只要盡心做個好妻子和好母親，我就可以幸福地跟丈夫白頭偕老。

然而，何來明的「陳太太」身分卻危機重重，在子女成年後，生活茫然及面臨丈夫外遇。她受創後決定離婚並重返校園讀書，且體悟到「婚姻並不是女人安身立命的所在」。《愛情私語》則描述婚後失去自我的何來明，走出婚變後，透過身體、性、自我的追尋，重新建立自我的故事。小說在《自立晚報》連載後，曾有批評聲音認為這本書是「傷風化」的黃色小說。李元貞解釋父權社會壓抑女性的性，因此嘗試書寫面對性、處理性、在性經驗中成長的女性。

除了小說，李元貞也在詩中蘊藏她的性別思考，如在一九九五年出版的《女人詩眼》詩文集，收錄了一九六五年到一九九四年的詩作，內容涵蓋美麗島事件、女性身體書寫等內容。其中〈母與女〉賦予子宮女靈，一個有生命、有慾望的女體：

妳是我的子宮
慾求一個男人
結下豐實的果

妳漸變成小女人
雙股如球
胸已蓓蕾

子宮尚在沉睡
未有卵血的呼喊
妳的雙眼無慾

成熟的女體
容易欲求一個男人
充實子宮
然而子宮之外
結實之外
還有自由的女靈

〈母與女〉挑戰了父權文化中將女性去性的形象，反而正視女性、女體、性慾、自我與自由的關係。另一首〈女人〉：「歌頌所有的母體／它是痛苦的上帝化身／命定承受自然的託付／流自己的血／破自己的身」，將流血的女體形象視為自然的託付，更呈現了女體的所有權在自己手上，顛覆的父權文化中將女體視為被動的、等待的、他人領土的想像。

〈自語〉：「從來沒有／崇拜過英雄／因為我自己／即英雄，不／應該說英雌，且平凡無比」，從女性視角顛覆英雄崇拜現象，從女性與日常的連結提出平凡無比才是英雌的形象。

日後，李元貞在詩壇也「眾女成城」，於一九九八年與一群女詩人成立「女鯨詩社」。包含王麗華、江文瑜、利玉芳、沈花末、杜潘芳格、海瑩（張瓊文）、陳玉玲、張芳慈、劉毓秀、蕭泰、顏艾琳等重要成員，在創作詩作時都融入了強烈的女性意識。

七〇年代的新女性主義、拓荒者出版社，到八〇年代的《婦女新知》接力撐開婦運的空間。八〇年代中後期到九〇年代，晚晴婦女知性協會、主婦聯盟基金會、婦女救援基金會、女工團結生產線等紛紛成立，開展出李元貞形容的「眾女成城」現象。七〇年代到八〇年代的女性行動與書寫，經常面臨威權與父權雙重夾殺。婦女運動所撐起的空間，伴隨著幾本重要的性別意識文學作品，包含呂秀蓮的《這三個女人》、《情》，李元貞的《愛情私語》、《婚姻私語》、《女人詩眼》等，日後更有「女鯨詩社」等女性主義意識強烈的詩人社團。回顧所來徑，婦運在禁忌中突圍，在行動與書寫中拓展，更有女性集結出走而拓荒出新的路徑。

參考書目

呂秀蓮，〈傳統的男女角色〉，《聯合報》（一九七一年十月二十三日—三〇日），第九、一一、一二版。

呂秀蓮，《我愛臺灣：呂秀蓮海內外演說選》（高雄：南冠，一九八八）。

呂秀蓮，《情》（臺北：敦理，一九八六）。

呂秀蓮，《這三個女人》（臺北：草根，一九九八）。

呂秀蓮主講，方宜整理，〈婦女在歷史轉捩點上：細數拓荒腳步．展望婦運前程〉，《婦女新知》第七四期（一九八八），頁二—三。

李元貞，《女人詩眼》（臺北縣：臺北縣立文化中心，一九九五）。

李元貞，《婚姻私語》（臺北：自立晚報，一九九四）。

李元貞，《愛情私語》（臺北：自立晚報，一九九二）。

范雲、尤美女，〈臺灣查某出頭天：范雲、尤美女漫談二十年來的婦女運動〉，《左岸文化歷史報》第一七—一八期（二〇一〇年十月），https://paper.udn.com/udnpaper/POL0007/181885/web/。

韋本、張建隆、陳世宏、黃建仁訪談整理，《走向美麗島：戰後反對意識的萌芽》（臺北：時報，一九九九）。

游惠貞編，《女性與影像：女性電影的多角度閱讀》（臺北：遠流，一九九四）。

顧燕翎，《臺灣婦女運動：爭取性別平等的漫漫長路》（臺北：貓頭鷹，二〇二〇）。

Mary Evans, *Introducing Contemporary Feminist Thought* (USA, Blackwell Publisher: 1991).

同志平權先聲：《孽子》漂浪妖嬈的前世今生

曾秀萍

《孽子》是知名作家白先勇唯一的長篇小說，也是臺灣早期最著名的男同志小說，敘述青少年男同志被逐出家門後，進入以臺北新公園（今二二八和平紀念公園）男同志社群為主的人際網絡與生活樣貌。《孽子》最早於一九七七年《現代文學》復刊號第一期開始連載，爾後因《現代文學》再度停刊，轉而在新加坡《南洋商報》上連載整部小說，至一九八一年全文刊載結束。《孽子》連載時，由於觸碰當時社會禁忌的同志議題，剛開始並沒有什麼人討論，直到一九八三年《孽子》出版單行本後，才引發比較多的關注。

《孽子》小說扉頁的題詞寫道：「寫給那一群，在最深最深的黑夜裡，獨自徬徨街頭，無所依歸的孩子們。」不難看出白先勇的創作動機，正是要關懷被家國社會所排拒的同志們、為他們發聲。然而《孽子》一開始所受到的關注並不符合作家創作的初衷，多數評論者不是忽略、架空作品中的同志主題，就是轉移焦點，甚至也有當時頗為知名的前輩作家、編輯撰文，批評《孽子》的出現，傷風敗俗。

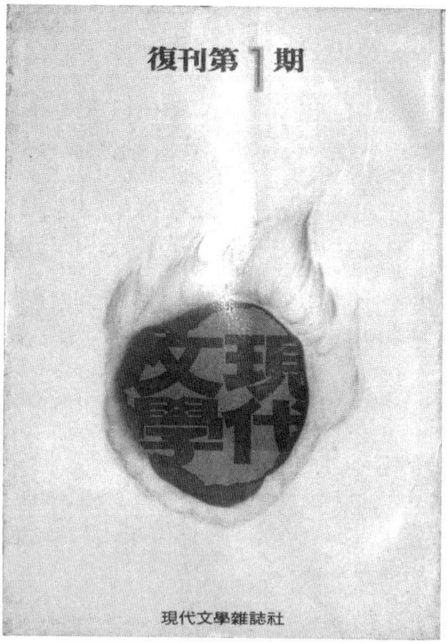

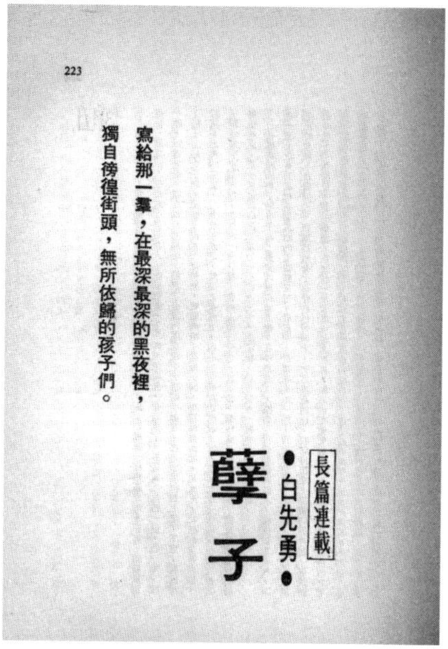

《現代文學》於1960年創刊，1973年停刊，1977年在遠景出版社的支持下復刊，並開始連載白先勇的長篇小說《孽子》。

此時，白先勇已年過四十，在加州大學聖塔芭芭拉大學任教，並以《臺北人》、《寂寞的十七歲》等小說作品奠定文壇地位，也於臺大就讀時期與留美期間，兩度創辦、復刊《現代文學》雜誌，引領一時風騷，在文壇具有相當程度的地位與分量。倘若，連白先勇這麼重量級的中生代作家，創作《孽子》仍要飽受批評與誤解，那麼就不難想見同志族群在當時所承受的社會壓力。

當年評論者的恐同、無知與面對《孽子》「無言以對」的尷尬，直到一九九〇年代同志文學批評、酷兒論述興起，才有顯著的好轉。在同志運動還沒興起之前，《孽子》不僅成為戒嚴時期同志發聲的先聲、撫慰諸多「黑暗王國」裡的同志，更在一九九〇年代起，成為文學研究同志與酷兒論述的言說戰場。諸多評論家、學者們，以《孽子》相關研究作為同志平權運動的開端，以文學作為抗爭、爭取平權的場域，觸碰社會禁忌、挑戰異性戀家國霸權的界線。

在同志被視為「罪」的年代

成長於臺灣同志平權開展、同婚法案通過的新生代們，或許無法感受到從戒嚴時期到二十一世紀之初，臺灣社會恐同氛圍的嚴峻。那不僅是文化上的歧視，更充斥著諸多律法上的不公，與國家、校園體制和醫療的暴力。

在白先勇寫作《孽子》的一九七〇至八〇年代，臺灣同志正面形象的新聞、資訊近乎於零。長期以來，同性戀情並不被社會理解與接受，在戒嚴政府嚴密的監控下，早期進入新公園同志次文化圈的同志指出：在白色恐怖時代，三人成行就會被冠上「聚會團體」的罪名，當權者沒有任何名目也可以把人抓起來，同志就像小偷一樣會被逮捕、送到警察局審問。當時對「同性戀」的形容「不是『變態』就是『怪胎』，而且是不可赦的」，「那時大家都不願意多談這類話題，連『同性戀』這三個字都不敢講」。

在那個風聲鶴唳、草木皆兵的年代，警方甚至連巧立名目都不必，就可以理直氣壯地逮捕同志。而後雖然限制聚會的《違警罰法》被廢止，並不代表性別規範有了鬆動之跡。在異性戀霸權底下，同性情慾和戀愛幾乎等同於犯罪行為。根據《臺灣刑案統計》，從一九七九年開始到一九九〇年代，每年大約仍有五到十人因此被控以「妨害風化」的罪名移送法辦。因此，所謂的「異性戀家國霸權」並不是「比喻」而已，而是具體存在臺灣社會的實況。

而除了各種同性戀「犯罪」報導及譴責外，一九八〇年代隨著臺灣首位愛滋病患的曝光，同性戀再度成為媒體關注的焦點。媒體、衛生署和醫院所發布的消息中，多將同性戀與愛滋病劃上等號，並且呼籲「同性戀應及時回頭」。同性戀文化圈又蒙上一層難以洗刷的汙名，成為罪惡的淵藪。綜觀一九六〇至八〇年代臺灣社會對「同性戀」不脫下列幾種負面形象：社會關係複雜的受害者或犯罪者、性交易者、精神異常者、待拯救的青少年、孤獨無助者、愛滋病高危險群等。知名劇場導演田啟元更因感染者身分曝光，在考入師大美術系後備受刁難，甚至不准他到校就學。

警方與國家的歧視迫害，非《孽子》所處的年代所特有。時至二十一世紀，諸如此類的事件仍層出不窮，往往運用「違反善良風俗」等寬鬆模糊的字樣，就可隨意濫用公權力，侵犯同志的人身自由與各項基本人權。其中又以一九九七、一九九八年發生於新公園附近的常德街事件、AG健身房事件，及二〇〇四年的農安街事件為代表。從警方充滿歧視的盤查、臨檢，並逮捕毫無犯罪跡象的同志的過程中，不難發現警方全然衝著同志而來，濫用職權的心態可議。

身與心的雙重流亡

在如此不友善的氛圍中，白先勇開始了他的同志小說創作。自一九六〇年代起率先在《現代文學》雜誌上發表小說〈月夢〉、〈青春〉、〈寂寞的十七歲〉等，為同志發聲，而在著名的《臺北人》小說集中，也收錄了兩篇男、女同志小說〈滿天裡亮晶晶的星星〉、

〈孤戀花〉。〈寂寞的十七歲〉和〈滿天裡亮晶晶的星星〉更可說是《孽子》的前身，首先觸及新公園的男同志社群。爾後的《孽子》更在一九九〇年代到二十一世紀初的同志運動中，扮演重要角色。

其實《孽子》的開場本身就是一場同志辛酸血淚史：

三個月零十天以前，一個異常晴朗的下午，父親將我逐出了家門。陽光把我們那條小巷照得白花花的一片，我打著赤足，拚命往巷外奔逃，跑到巷口，回頭望去，父親正在我身後追趕著。他那高大的身軀，搖搖晃晃，一隻手不停的揮動著他那管從前在大陸上當團長用的自衛槍。他那一頭花白的頭髮，根根倒豎，一雙血絲滿布的眼睛，在射著怒火。他的聲音，悲憤，顫抖，嘎啞的喊道：畜生！畜生！

小說主角是高三學生阿青，因為同性戀的身分曝光，接連被學校退學，更被軍人父親逐出家門。《孽子》就由同志少年被逐出家門開始，敘述阿青在外流亡的歷程，以及在同志社群中的所見所感；透過阿青及其他同志的生命故事，呈現了從家庭、到學校、國家等種種權力機制對於同志的壓迫。同志生命史彷彿是一段沒有盡頭的放逐史，小說具體呈現同志生存空間的極度邊緣化，更呈現同志內心的矛盾與認同困境，糾結著身與心的雙重流亡。

主角阿青被父親逐出家門，出自2013年《孽子》電視劇。
圖片提供：台北創造電影有限公司
攝影：郭政彰

但在流浪的過程中，他也走入新公園這個男同志間口耳相傳的祕密王國，在裡面集結的同志社群中相互取暖。這些社群不僅提供情感的依靠、也提供經濟上的援助，甚或共居、創業，形成新的同志社群認同與多元成家的想像。然而，孽子固然在被家國、社會放逐後，創造了新的認同與社群空間，卻也在缺乏資源的情況下，投身性工作。

《孽子》故事的背景設定於一九七〇年代，當時臺北仍處處稻田、沒有7-11、麥當勞可以打工，更沒有網路可以上網，尋求各種救援。那麼，被逐出家庭、學校頓失依靠的青少年們，也唯有以身體作為他們最後的本錢來謀生。換言之，《孽子》不僅僅是寫一批流離失所的男同志，更是寫一群從事性工作的男妓。這是許多人在討論《孽子》時不斷迴避的問題。新公園並不是《紅樓夢》裡的大觀園，反倒類似《水滸傳》裡的梁山寨，有各種階級、權力與利益交換。也因此，《孽子》中的男同志空間並非另類的太平盛世、安樂鄉，而是被（家國社會）逼上梁山的邊緣處境。

情慾少年的叛逃與回歸

若說白先勇前期的短篇同志小說〈青春〉、〈月夢〉等，往往敘述青春崇拜下與時間拉鋸的藝術，而他出國留學後所寫的《孽子》則不只是青春與藝術的問題，更是訴說一個情慾少年對於禮教父親的孺慕與叛逃的故事。時近中年，《孽子》除了關懷被放逐的孽子們何去何從，也關心這些孽子們如何和父親和解，甚至因為被放逐、更加希望得到父輩的認同。

白先勇曾寫了一篇散文〈寫給阿青的一封信〉，藉由跟《孽子》裡的主角對話，透露出他對無數同志青少年回歸家庭的期待。因此《孽子》創造了一個曾不接納同志兒子、後在兒子自殺後幡然悔悟的老軍官傅老爺子，作為孽子們的「替代性父親」，讓孽子們暫時獲得有如家庭般的溫暖。《孽子》力圖化解因性向不同與社會偏見而導致的父子衝突，謀求兩代溝通、彼此諒解與社會接納的可能值得肯定。但另一方面，也可思考在《孽子》中這樣對父執輩（公園師傅、傅老爺子）的服膺，是否也展現了另一種對父系認同的嚮往與執念？《孽子》叛逃與回歸的矛盾張力值得再更進一步探究。

《孽子》除了在同志社群生活、同志親子關係的描繪上頗為突出，同時在地方書寫上也蘊含家國認同轉向的訊息——從神州大陸的懷想，歷經認同的迷惘，復歸於臺北城人親土親的情感聯繫；在此，同性情慾與土地認同形成一條不可分割的臍帶。一九六九年到一九八一年間為白先勇小說國族與地方認同的轉折期，由〈滿天裡亮晶晶的星星〉、〈孤戀花〉以及《孽子》等同志小說所再現的臺北、紐約地景、氛圍與人事變化，可發現其認同已由中國大陸轉向臺灣和臺北。此階段的臺灣雖有悲情卻也蘊含諸多甜美的回憶與新生的可能，並淡化了《臺北人》中對中國故鄉的緬懷，臺北已成為孽子們名符其實的家園、鄉土。

「龍鳳悲戀」為《孽子》的經典場景之一，道出了同志戀情的掙扎、坎坷與痛楚，出自 2013 年《孽子》電視劇。
圖片提供：台北創造電影有限公司
攝影：郭政彰

從櫃子內到舞臺上

而《孽子》作為一本膾炙人口、長達四十年的長銷書，也幾經改編，重新賦予許多新聲與意義。首先是一九八六年由虞戡平導演改編成同名電影，也是臺灣第一部以男同志為主軸的電影，試探了電檢制度的底線。爾後，在二〇〇三年由曹瑞原導演改編成電視劇，在公視八點檔播出，成為臺灣第一部以男同志為主角的連續劇，開啟影視作品平權的新頁，也獲得諸多迴響。當年公視放映時，更接獲同志父母的訊息，在電視上打出跑馬燈，表示看過《孽子》電視劇後，更能理解同志的處境，希望藉此呼籲離家的同志兒子趕快返家。《孽子》電視劇的播出增添許多佳話、獲得廣大群眾的回應，公視更因觀眾要求，出版了《孽子》電視劇劇本書。《孽子》電視劇的播映，對於促進大眾理解同志社群，有十足正面的影響與功效。

此外，《孽子》分別在二〇一四年與二〇二〇年由曹瑞原、黃緣文導演改編為舞臺劇，進入國家劇院演出，也受到相當多的注目與迴響。白先勇表示看到《孽子》能進入國家劇院演出，每一場的觀看，都讓他感動得泛淚，也感動許多觀眾。這或許不只為了作品而感動，也是對於同志能由邊緣走向舞臺被看到而流下辛酸感動的淚水。

白先勇在一九八八年於香港接受專訪時，首度公開出櫃，成為華人世界首位出櫃的同志作家，其出櫃的目的是希望藉此呼籲香港政府廢除從殖民時期到一九八〇年代（殖民母國英國都已去除、而香港仍保留的）迫害同志的法條。爾後，白先勇也曾投入愛滋防制、婚姻平權的推廣，不論是創作或行動，在在為同志社群盡力與發聲。白先勇於二〇〇三年獲得第七屆國家文藝獎，這個臺灣官方文藝獎的最大殊榮。至今他已八十四歲高齡，仍繼續為藝文創作、崑曲復興、同志運動發聲、努力不輟，也為提攜後進盡心盡力，一刻都不曾懈怠地擔起為弱勢發聲與藝術傳承的使命，樹立了創作與實踐合一的風格典範。

參考書目

白先勇，〈滿天裡亮晶晶的星星〉，《臺北人》（臺北：爾雅，一九九七），頁一九五—二〇四。

白先勇，〈寫給阿青的一封信〉，《第六隻手指》（臺北：爾雅，一九九五），頁五七—六四。

白先勇，《紐約客》（臺北：爾雅，二〇〇七）。

白先勇，《寂寞的十七歲》（臺北：遠景，一九七六）。

白先勇，《孽子》（臺北：允晨，一九九八）。

紀大偉，《同志文學史：台灣的發明》（新北：聯經，二〇一七）。

張小虹，〈不肖文學妖孽史：以《孽子》為例〉，《怪胎家庭羅曼史》（臺北：時報，二〇〇〇），頁二五—七三。

張娟芬，《姊妹「戲」牆：女同志運動學》（臺北：聯合文學，一九九八）。

陳儒修，〈電影《孽子》的意義〉，《臺灣文學學報》第一四期（二〇〇九年六月），頁一二五—一三八。

曾秀萍，〈流離愛欲與家國想像：白先勇同志小說的「異國」離散與認同轉變（一九六九—一九八一）〉，《臺灣文學學報》第一四期（二〇〇九年六月），頁一七一—二〇三。

曾秀萍，〈從魔都到夢土：《紐約客》的同志情欲、「異國」離散與家國想像〉，《師大學報：語言與文學類》第五四卷第二期（二〇〇九年九月），頁一三五—一五八。

曾秀萍，〈夢想在他方？：全球化下臺灣同志小說的美國想像〉，成功大學文學院編，《筆的力量：成大文學家論文集》（臺北：里仁，二〇一三），頁四四一—四七九。

曾秀萍，《孤臣・孽子・臺北人：白先勇同志小說論》（臺北：爾雅，二〇〇三）。

黃儀冠，〈性別符碼、異質發聲：白先勇小說與電影改編之互文研究〉，《臺灣文學學報》第一四期（二〇〇九年六月），頁一三九—一七〇。

蔡克健，〈訪問白先勇〉，白先勇，《第六隻手指》（臺北：爾雅，一九九五），頁四四一—四七五。

延伸閱讀

鄧勇星，《「他們在島嶼寫作」第二系列：奼紫嫣紅開遍》（臺北：目宿媒體，二〇一七）。

鄧勇星，《牡丹還魂：白先勇的崑曲復興》（臺北：藝碩文創，二〇二〇）。

第四章　解嚴前後・都會臺灣

雙聲道：解嚴前女性文學與兩大報文學獎

張俐璇

> 陳江水到廳裡取來一大塊帶皮帶油的豬肉，往林市嘴裡塞，林市滿滿一嘴的嚼吃豬肉，嘰吱吱出聲，肥油還溢出嘴角，串串延滴到下顎、脖子處，油濕膩膩。這時眼淚才溢出眼框，一滾到髮際，方是一陣寒涼。
>
> ——李昂，《殺夫》

婦人林市的丈夫陳江水，以殺豬為業，掌握經濟權力，也同步主宰妻子的食道與陰道。長期處於飢餓狀態並遭受性虐待的林市，最後拾起丈夫的屠刀起義。一九八三年，李昂《殺夫》獲得第八屆聯合報中篇小說首獎；一九九三年，臺灣發生鄧如雯殺夫案，猶如小說翻版，不堪長期遭到性侵與家暴的鄧如雯，最後憤而殺夫。鄧如雯事件催生臺灣社會在一九九八年訂定《家庭暴力防治法》，是亞洲國家首例。文學不僅率先解嚴，也與法律攜手前進。

二〇〇四年，國家臺灣文學館提出「臺灣新文學發展重大事件」的概念，研商評選結果有十四件大事，其中包含「兩大報文學獎的設立」以及「《殺夫》事件與女性書寫」。獲得聯合報小說獎的《殺夫》，在臺灣文學史上的意義，於焉可謂雙重重大。不過，若回到兩大報文學獎創立之初來看，《殺夫》起義的對象，除了封建父權，另外還有當時被馴化的鄉土。

兩大報文學獎指稱的是《聯合報》「聯合副刊」在一九七六年創設的「聯合報小說獎」，以及《中國時報》「人間副刊」在一九七八年跟進成立的「時報文學獎」。這期間的一九七七年八月，有彭歌和余光中在「聯合副刊」接力發表〈不談人性·何有文學〉以及〈狼來了〉等文章，點名批判王拓、陳映真等「鄉土文學」創作是呼應毛澤東的「工農兵文藝」。

解嚴前的《中國時報》與《聯合報》，是威權體制下的侍從報業，兩大民營報社的存在，既可成就「自由中國」的假面，又得以相互制衡。因此兩大報在大方向上同一陣營，發展路線上則涇渭分明、相互角力，延伸到副刊所主持的文學獎上，也因而有所殊異。

1983年9月22日，李昂得獎作品《殺夫》開始在《聯合報》連載。她在〈作者的話〉寫道：「女性的感情與感覺並非值得羞恥的次一等文化，重要的是透過此要傳達什麼。而我相信，經由此，通往偉大的創作方向仍是可能的。」

圖片提供：聯合知識庫

性別與鄉土：聯合報小說獎

在鄉土文學論戰前夕成立的聯合報小說獎，可說是臺灣「張愛玲現象」的重要推手。一九七六年，張愛玲的前夫胡蘭成，離臺返日，曾經受教於胡蘭成的蔣曉雲、朱天文、朱天心等四年級生，同獲第一屆聯合報小說獎。由於首獎從缺，留白等待填空，因此分獲貳、參獎的蔣曉雲、朱天文及其「張腔」寫作，格外受到注目。

蔣曉雲〈掉傘天〉在性別角色發展上，是張愛玲〈紅玫瑰與白玫瑰〉的「逆寫」。〈紅玫瑰與白玫瑰〉寫上海的佟振保，徘徊在紅、白玫瑰之間，最後娶了白玫瑰。〈掉傘天〉裡，有臺北的管雲梅，嫁了忠厚篤實的丈夫吳維聖，卻仍心繫瀟脫不羈的婚前戀人方一止。這種心情就像是在不雨不晴的天，不帶傘心不安，帶了傘心不甘，於是在這樣的天氣裡，特別容易忘掉傘。蔣曉雲和張愛玲小說裡的愛情，如恰恰，如探戈，不乏你進我退的攻防試探。有意思的是，當張愛玲讓紅玫瑰活出日常滋味，對比佟振保的婚後失落；蔣曉雲直接賜死方一止，並且在小說的最後，下起大雨，讓掉了傘又尋回傘的管雲梅很開心。

朱天文〈喬太守新記〉也有類似的紅白抉擇問題。這回亂點鴛鴦譜的「喬太守」，是當時大專校園新興的「電腦擇友」。已有男友江成宇的左莎莎，因為電腦配對認識了季慕雲。季慕雲羨慕《未央歌》裡的大學世界，認為當代大學生不知讀書報國，是「枉做了中國七十年代的知識分子」。這讓左莎莎不禁對成天游泳、打籃球的江成宇問道：「你不覺得我們在一起，太快樂了？」這個問句，在一九六七年陳映真〈唐倩的喜劇〉裡也出現過。唐倩因此告別在一起太快樂的詩人于舟，選擇和存在主義大師老莫作臺灣的波娃與沙特。相較於陳映真的唐倩，朱天文的左莎莎更加聰慧，她很快發現季慕雲在知識與生活上的限制，最終仍選擇和江成宇快樂過生活。

曾心儀〈我愛博士〉，也同時兼有張愛玲與陳映真式的愛情。小說中的敘事者「我」在婚變後認識海歸學者常博士，本以為自己就像是張愛玲〈傾城之戀〉裡的白流蘇，遇上新思想青年范柳原；未料所遇者，其實更接近陳映真〈唐倩的喜劇〉裡，以臺北沙特自居的胖子老莫，知識只是一種姿勢，對於理論演繹的興趣，更甚於關懷現時此地。小說發表後的隔年，一九七七年創刊的《仙人掌》雜誌，甚至由此延伸出「歸國學人公害」問題的討論。

李昂的〈愛情試驗〉是陳映真〈唐倩的喜劇〉的續寫與翻轉。小說中的男聲敘事者「我」是歸國學人，在「首善之都的小文化圈裡」認識的「她」，是個驕縱的文青女孩，「從一個男人身上流浪到另一個男人」，最後出國。〈愛情試驗〉續寫「她」短暫回臺，從性別意識到土地關懷，讓男性敘事者「我」不僅意外於「她」的改變，甚至自我反省「久居於這首善之都，竟對除開與生活有關的事物，如此缺乏了解」。小說最後，「她」雖然再度離臺，但表示「我知道我會回來，這是我的家，我該回來做些事情的」。男性不再是被追隨的角色，而是接受女性建言的。

亦即，聯合報小說獎設立之初的女性文學，其實是兼有張愛玲與陳映真的「雙聲」。而後來出線的特別是「張腔」，則大抵與一九八〇年分列短篇與長篇小說首獎的袁瓊瓊〈自己的天空〉和蕭麗紅《千江有水千江月》有關。

袁瓊瓊〈自己的天空〉寫少婦靜敏覺醒出走自立的過程，情感細膩有層次，就連小說裡的三次流淚也有所「成長」：第一回因為丈夫外遇，不知所措地哭泣；第二回因為小叔的真情告白，感動落淚；第三回則是精心設計，對有婦之夫發動的淚眼攻勢。小說的最後，靜敏走出婚變，也在事業與愛情，找到自己要的生活。不過，這片天空是否脫出父權的框架？猶有討論空間。

聯合報小說獎最初獨尊短篇小說，第四屆開始新增極短篇、中篇與長篇小說獎。這其中，長篇小說徵獎結果，屢屢從缺。一九八四年，聯合副刊辦完第九屆小說獎後，為支援同年創刊的《聯合文學》雜誌，一九八五至一九八七年停辦小說徵獎。蕭麗紅《千江有水千江月》因此既是聯合報小說獎裡第一部獲選的長篇小說，也是解嚴前的唯一，自一九八一年出版迄今，長期受到相當的關注。

二〇一八年，大學學測的「國語文寫作」將既有的「作文」分為知性題與情意題。

二〇一九年的國寫情意題，選錄《千江有水千江月》關於外公看見阿啟伯偷瓜一段。由於外公知道阿啟伯生活貧苦，又不忍偷瓜者難堪，於是反倒是撞見的人自己躲起來。題目由此設定，請考生撰文「溫暖的心」。

小說裡的外公，確實具有「諒解與包容」的美德，但外公也說，閨女讀書識字是為明理，「一旦失去做姑娘的許多本分，這就因小失大了」，幾乎是《紅樓夢》裡寶釵發現黛玉偷看《西廂記》時候的勸說口吻：「既認得字，不過揀那正經書看也罷了，最怕見些雜書，移了性情，就不可救了。」在外公教養下的母親，是「不准貞觀將衣服與弟弟們的作一盆洗」、「連弟弟們脫下來的鞋，都不准貞觀提腳跨過去，必須繞路而行」。但不同於蕭麗紅在《桂花巷》（一九七七）裡高剔紅的敢愛敢恨，《千江有水千江月》裡的蕭貞觀沒有抗爭，沒有批判，即便是和劉大信的青春愛戀，也談得若有似無。

貞觀與大信分居南北兩地的戀愛，其實別有「任務」：當蕭貞觀來臺北，和大信到故宮約會，看著「館內是五千年來中國的蕩蕩乾坤」，湧起一番張愛玲式的感嘆，「原先只道是：漢族華夏於自己親，如今才感覺：是連那魏晉南北朝，五胡亂華的鮮卑人都是相關連」；而當劉大信來到布袋小鎮，看地方民俗祭儀，展示井然，詩意如畫，則慨然表示「在臺北時，我一直沒有領受中原文化這個層面的美」。中國文化與臺灣鄉土親密無間，鄉土文學在論戰期間的反抗精神與批判力道，被張腔寫作稀釋收編，成為美鄉土、善人情的展演。

一九八二年獲獎的蘇偉貞〈世間女子〉，是更為熱辣的張腔寫作。小說敘述高知識職業女性在臺北雜誌社的商戰，主編唐甯遇上財力背景雄厚的新客戶余烈晴，而余烈晴的前男友是唐甯現在的男友段恆。於是職場加上情場，日夜全面開戰。有意思的是，小說另有個角色程瑜，她是唐甯的大學密友，畢業後選擇回家教書「與世無爭」。程瑜在臺中山區有蟲鳴的住處，是商戰中的唐甯得以喘息之地。儼然有「臺北都會之外，是鄉土」的味道。不過最後程瑜病逝，唐甯再次肯定自己要做個「在城市裏爭得明暗交加，卻活得精神」的「世間女子」。恍若「鄉土」是個不具競爭力與生命力的所在。

一九八三年李昂的《殺夫》因此可以置放在如是愛情與鄉土書寫的脈絡下來看：婚戀的主角不再是知識分子或資產階級，「鄉土」也不再空靈，是具體錨定在底層的生活與生存。

政治與家國：時報文學獎

時報文學獎最初設有小說及報導文學類，第二屆新增敘事詩與散文獎項。由於報導文學對現時此地的積極介入性格，加之隨即出現黃凡〈賴索〉這篇同時論及國、共兩黨與臺獨分子的得獎小說，因此相較於聯合報小說獎的「女性」色彩，時報文學獎往往被認為「政治」性格鮮明。

李昂《殺夫》、蕭颯《霞飛之家》與蕭麗紅《千江有水千江月》獲聯合報小說獎後，八〇年代初皆由聯經出版單行本。
圖片提供：聯經出版

這種政治性也體現在散文一類上。童大龍〈蕾一樣的禁錮著花〉以詩化的語言寫當代知識青年對於現實環境的惶惑：

我坐回一九七八年七月黃昏的窗前，因為炙熱而頹喪，我們，我和他，以及碎裂礁石奇多的海岸。

……

F走過來，「世界已經那麼混亂了，」他說：「你為什麼還要加速它呢？」這是不是一個出家的理由？當F是一個敵人，這是革命的理由，然而F是一個情人，這只是剪髮的理由。我有一頭和我的心思完全叛逆的髮型，我看著他，幽默感還沒有恢復過來，「一個大的時代就要來臨了。」我微弱的抗議。

十二月，軍歌唱得那麼淒厲，在麥當樂。街頭有人募捐，報上提議我們需要一些新的戰鬥機……

一九七八年底臺美斷交，可唱軍歌的地方是臺灣第一家漢堡專賣店，是麥當勞來臺前的山寨版。散文篇名來自鄭愁予的詩句，〈霸上印象——大霸尖山輯之三〉中「而峯巒蕾一樣地禁錮著花」。童大龍虛寫「蕾的防禦」，是「成就果實前的防禦」，但也預期「花的背叛」，思索「如何經營和改造這個世界」的方法。全文結構錯落，恰似年輕一代的徬徨。楊牧稱之「於無結構處見結構」，司馬中原更盛讚此篇是「天才的筆調」。

翌年獲獎的「女性散文」，筆調又是一轉。張曉風〈再生緣〉對話一九七九年在共產中國被捕的民運領袖魏京生，虛擬了一在自由中國的男聲「魏台生」：

魏京生、魏台生，我們終將見面——在兩個政權各自再生之後。我們的政權曾一度失敗（不必質之史家，我們退居海隅已是證明），但三十年漫長的歲月我們終於學會如何重新站起來，如何重新做中國人——我們終於以三十年為一世，完成了再生。

而你們呢？什麼時候共產主義的亡魂才能度脫而再生？

以「三十年為一世」的，還有廖輝英的〈油麻菜籽〉。小說的敘事者阿惠是職場新女性，她的成長過程見證臺灣在戰後三十年的變與不變：

你計較什麼？查某囡仔是油麻菜籽命，落到那裡就長到那裡。沒嫁的查某囡仔，命好不算好。媽媽是公平對你們，像咱們這麼窮，還讓你念書，別人早就去當女工了。

妳阿兄將來要傳李家的香煙，你和他計較什麼？將來你還不知姓什麼呢？

經濟變遷，社會轉型，但重男輕女的觀念不變。即便是曾經受過家暴的母親，也還是複製了外公告訴她的「查某囡仔是油麻菜籽命」，再生女性宿命論。

變聲與眾聲：「我不能愛你了／這個國家令我分心」

羅毓嘉〈漂鳥〉中的詩句在這裡或可這樣解釋：我不能愛你了，因為我們要的不一樣；我不能愛你了，因為這個國家讓我無法自在。而這，正是看似「雙聲」的兩大報文學獎所「共振」之處。

一九八三年因為〈龍的傳人〉歌手侯德健投奔「社會主義祖國」，引發「臺灣結」與「中國結」論戰。如是國族意識上歸向何方的猶疑徘徊，在稍早已見諸薛荔〈最後夜車〉和平路〈玉米田之死〉。兩篇小說都以美國為敘事背景，〈最後夜車〉裡的女孩黃玨和男友一起出國，一起認識了「她從前不曾想過的一個陌生的中國」。黃玨的愛，其實是七〇年代釣運與統運裡想像的中國；因此文革結束，男友去世，理想失落。小說因而提問：「你一個人——為什麼不回臺灣去呢？」

平路〈玉米田之死〉裡的「我」回臺灣了。小說中死於玉米田的，是本省籍的華僑陳溪山，男聲敘事者「我」是外省籍的駐美記者。調查死因的過程中，「我」重新檢視了戰後流亡來時路，也憶起東北家鄉如青紗帳的高粱田，最終選擇離開美國的玉米田，也告別心之所向並非同方的妻，中年離婚，單身回到臺灣的甘蔗田。

不過，回到臺灣之後呢？解嚴前夕，甘蔗田裡交織著各種建構與解構的聲音。一九八六年民進黨成立，年底的第一屆立法委員第五次增額選舉，是民進黨與國民黨第一次黨對黨的競選。朱天心〈十日談〉從底層工人、資產階級知識分子、老政治犯與大學女生四個人物，談選前十日政治活動人心殊異表裡不一的荒謬，慨嘆「怎麼會是這個樣子呢？」這是朱天心第三次獲得兩大報文學獎，迥異於七〇年代末獲獎的〈愛情〉與〈昨日當我年輕時〉，解嚴當年獲獎的〈十日談〉不再言愛，也從「張腔」變聲。

於焉，女性作家在兩大報的雙聲道上，走過對張愛玲與陳映真的致敬，走過對性別與鄉土的翻轉，走入對中國與臺灣的思索，預寫了解嚴後「宣華」與「喧譁」的眾聲。

參考書目

張俐璇，〈文學星光大道回顧：兩大報文學獎的過去與現在〉，《幼獅文藝》第七二八期（二〇一四年八月），頁五七—六一。

張俐璇，《兩大報文學獎與臺灣文學生態之形構》（臺南：臺南市立圖書館，二〇一〇）。

楊照，《霧與畫：戰後臺灣文學史散論》（臺北：麥田，二〇一〇）。

聯合報副刊編，《臺灣新文學發展重大事件論文集》（臺南：國家臺灣文學館，二〇〇四）。

羅毓嘉，〈序詩：漂鳥〉，《我只能死一次而已，像那天》（臺北：寶瓶，二〇一四），頁一八。

女性作家在兩大報文學獎舉隅

製表：張俐璇、廖紹凱

時間	獎項	作家與篇名
一九七六	第一屆 聯合報短篇小說獎	第二名　蔣曉雲〈掉傘天〉 第三名　朱天文〈喬太守新記〉 佳作　朱天心〈天涼好個秋〉 佳作　曾臺生〈我愛博士〉
一九七七	第二屆 聯合報短篇小說獎	第二名　蔣曉雲〈樂山行〉 佳作　商晚筠〈君自故鄉來〉 佳作　黃鳳櫻〈憶慧沒有ㄐㄧㄐㄧ〉
一九七八	第三屆 聯合報短篇小說獎	佳作　李昂〈愛情試驗〉 佳作　袁瓊瓊〈等待一個生命〉 佳作　商晚筠〈癡女阿蓮〉
	第一屆 時報文學獎	小說優等　朱天心〈愛情〉 小說佳作　胡臺麗〈媳婦入門〉 報導文學首獎　曾月娥〈阿美族的生活習慣〉 報導文學優等　馬以工〈陽光照耀的地方〉
一九七九	第四屆 聯合報小說獎	短篇小說二獎　蕭颯〈我兒漢生〉 短篇小說佳作　袁瓊瓊〈小人兒〉 中篇小說首獎　蔣曉雲〈姻緣路〉
	第二屆 時報文學獎	小說佳作　朱天心〈昨日當我年輕時〉 散文優等　童大龍〈蕾一樣的禁錮著花〉 敘事詩佳作　江雪英〈歷史的烙痕〉（存目未刊） 報導文學優等　馬以工〈幾番踏出阡陌路〉

一九八〇	第五屆聯合報小說獎	短篇小說　袁瓊瓊〈自己的天空〉 中篇小說　蕭颯《霞飛之家》 長篇小說　蕭麗紅《千江有水千江月》 （本屆各類獎項皆不分名次）
	第三屆時報文學獎	報導文學首獎　心岱〈大地反撲〉 報導文學佳作　楊明顯〈無根草〉 散文優等　張曉風〈再生緣〉
一九八一	第六屆聯合報小說獎	短篇小說　楊明顯〈代課〉 短篇小說　許臺英〈蟹行人〉（不分名次） 中篇小說　許臺英《歲修》 中篇小說　朱天心《未了》（不分名次）
	第四屆時報文學獎	小說佳作　李昂〈誤解〉 小說佳作　邱貴芬〈柴可夫斯基 OP43 弦樂〉 報導文學優等　心岱〈美麗新世界〉 報導文學優等　李昂〈別可憐我、請教育我〉
一九八二	第七屆聯合報小說獎	短篇小說　薛荔（李黎）〈最後夜車〉（不分名次） 中篇小說　蘇偉貞〈世間女子〉（不分名次）
	第五屆時報文學獎	小說首獎　廖輝英〈油麻菜籽〉 小說優等　朱天文〈伊甸不再〉 小說優等　陳春秀（陳燁）〈夜戲〉 小說佳作　童大龍（夏宇）〈懼高症〉（存目未刊）
一九八三	第八屆聯合報小說獎、附設散文獎	短篇小說第一名　平路〈玉米田之死〉 中篇小說第一名　李昂《殺夫》
	第六屆時報文學獎	小說甄選獎　李渝〈江行初雪〉（本屆僅一名）
一九八四	第七屆時報文學獎	小說首獎　袁瓊瓊〈滄桑〉 小說評審獎　彭小妍〈圓房〉
一九八七	第十屆時報文學獎	小說佳作　朱天心〈十日談〉 中篇小說　張藹珠〈小男人〉 散文優等　陳幸蕙〈向日葵〉 散文佳作　平路〈恐怖電影〉

女人專用之髒話：夏宇的女性詩學

李癸雲

簡單的說，我並不介意我必須騎女用自行車或故意穿男襯衫什麼的，但身為女人，我發現我們沒有自己專用的髒話，這是非常令人不滿的——當然並不只因為這樣，所以我寫詩。

——夏宇，《腹語術》附錄

這個致力寫詩以發明「女人專用之髒話」的夏宇是誰？

詩壇黑馬的閨秀革命

夏宇，本名黃慶綺，原國立藝專影劇科畢業，一九八四年手工製作、出版第一本詩集《備忘錄》，當時只限量製作五百本送親朋好友，沒想到《備忘錄》的盜印本，至今仍被人們持續轉印與流傳，可見其受歡迎程度。

《備忘錄》最膾炙人口的一首詩，就是〈甜蜜的復仇〉：

把你的影子加點鹽
醃起來
風乾
老的時候
下酒

夏宇俏皮地把痛苦的情傷逆寫成痛快的「復仇」，文字簡單又可愛，蘊含的情意卻曲折深刻。這首詩從文學界迅速流傳至坊間，被印在筆筒、雜誌架、椅墊等商品上，堪稱是臺灣文學轉譯的前行者。《備忘錄》整體版面小巧精緻，詩作多為愛情主題，敘述角度或措辭方式常出人意表，筆調總帶著戲耍或顛覆性。因此，夏宇被評論界稱作「積木頑童」，甚至被視為「後現代詩」風潮的開端。

夏宇崛起於詩壇，便有詩壇黑馬之姿，其後更吸引眾多新生代詩人追隨，除了擁有獨特的文字和詮釋事物的新穎視角，背後更深層的因素，即是她的革命性格。具體而言，夏宇一出現，展示出「女性詩學」的嶄新面貌，示範一種更靈活、開闊的女性寫詩空間。

前此的女性文學向來被認為是閨秀文學，在文學傳統裡傾向婉約、纖細的寫作風格。首位將臺灣現代女詩人以《現代中國繆司》一書作整體研究的學者鍾玲，認為一九五〇年代後期的女詩人大抵承繼中國文學的婉約正統，一九六〇年代的女性詩作則普遍呈現對陽剛力量的嚮往與認同，一九七、八〇年代之後，她以為表現女性主義激進態度，有如對男性的輕蔑與敵意、反抗社會成俗、與受壓迫女性聯盟精神的女詩人作品，可說是「付諸闕如」，唯有夏宇的作品最接近「女子中心」之思想。

現代詩研究專家奚密更直言在臺灣當代詩壇裡，夏宇是最符合女性主義式的女詩人，曾將夏宇詩中的女性意識分為四個層面來理解：一、對愛情的認知方式；二、呈現女性既脆弱又堅強的複雜性；三、對男性中心主義加諸女性之成規的戲擬與重寫；四、對男女兩性之間溝通的悲觀態度。由此，奚密認為夏宇已形塑出一種「女性詩學」。

就讓我們舉例來欣賞一下夏宇的「女性詩學」吧。

翻轉經典，顛覆童話

夏宇女性詩學裡最顯著手法就是去對話經典詩作或童話，甚至填補空隙，以達成嘲諷和反抗父權思想的意圖。例如備受注目的〈也是情婦〉：

一九七九年夏天你也是一個情婦
很低的窗口，窗外只有玉蜀黍

他是捲髮，胸前有毛
一輩子不穿什麼藍衫子
也不像候鳥，不留菊花
是一頭法蘭西的河馬
善嚼

一九七九年夏天阿洛
阿洛你已經開發
亞熱帶無可
無可置疑的肥沃

亞熱帶　無可
無可置疑
不適合
等待

在這首詩裡，她翻轉了鄭愁予經典作品〈情婦〉中的性別形象對立，重塑了「情婦」愛情模式的新觀點。鄭愁予原本形塑的那個迷人、高傲、愛穿藍衫子、善於製造氣氛的男主角，竟變成夏宇筆下的捲髮、胸口長毛又善嚼的一頭法蘭西河馬。在末節，夏宇更大膽地指出，「已開發的肥沃亞熱帶」無可置疑的「不適合等候」，崩解男詩人所想像的善於等候的忠貞女人形象。詩中女主角的「背叛」隱含女詩人對男詩人抒情傳統的顛覆。

同樣具有戲仿意味的長詩〈南瓜載我來的〉，夏宇找出童話的空白來續寫並修正。童話裡王子與公主肉體接觸的最大尺度，大約只能擁抱與親吻，因為「童話」的閱讀對象主要是孩童，具有道德訓示、啟蒙孩童人格的養成等作用。但是童話所建構的愛情方式（公主需由王子拯救、愛情是扭轉公主命運等）與截然斷裂的完美結局（從此過著幸福快樂的日子便劃下句點），讓讀者（尤其是女性）即使離開童年，依舊想像著一種被動等待完成的「理想愛情」。

夏宇的詩則試圖填補與落實所有應該存在而不存在的部分，尤其是後續的日常細節與凡人舉措。如童話中已結婚的王子與公主，兩人若是無性生活簡直無法想像：「幾句想說／而終於不必說的話／一張床／一種儀式　原始的／儀式」，然後，因為「這座城市」太糟，「（我決定了，不生小孩／終止／這場進化。）」但是，不幸的，「這不是我一個人的錯可是／『——我懷孕了。』他正夾起一塊肉／肉停在空中：『至少，可以等飯後——』／他正傾全力於消化／情感脆弱」。夏宇這個成人版「性愛合體」的愛情故事，非常真實而通俗，卻遠離了「夢中城堡」，進入「暴雨城市」，兒童不宜。

夏宇也試圖從古典文學裡找出被忽略的女性聲音，例如《詩經．生民》是描述周人祖先后稷的故事，並將其傳奇化，敬為農業和祭祀之祖。后稷故事裡最神奇的部分就是他的出生傳說，其母姜嫄因踩到上帝腳印的大拇趾處，後來懷孕、生下后稷。所以后稷是上帝的血脈，姜嫄在史書裡的地位只是傳達神祇旨意的媒介。然而，夏宇轉以姜嫄為中心，重新詮釋這則故事：

每逢下雨天
我就有一種感覺
想要交配　繁殖

子嗣　遍佈
於世上　各隨各的
方言
宗族
立國

像一頭獸
在一個隱密的洞穴
每逢下雨天

〈姜嫄〉一詩中「我」具有情慾主動性，以「情慾」來轉移「神諭」，而且暗示所謂禮教文明的開端其實源於原始本能，這些潛在觀點表達了對男性中心歷史的強烈顛覆性。同時，如果說后稷開啟了華夏文化，那麼功勞難道不應算上姜嫄一筆嗎？夏宇此詩為歷史中沉默的女性發聲，力抗父權史觀的單口相聲。

前衛實驗與跨界Play

值得我們再關注的是，在《備忘錄》之後，夏宇「變本加厲」，每本詩集的形式皆展演了各式不同的前衛性與實驗特質，引發一波波的話題。舉例來說，《腹語術》初版時，方正的版型、斗大的字體、神祕而戲耍的文字，與當時市面上的詩集格格不入。《摩擦．無以名狀》則是將《腹語術》剪碎、重新拼貼而成，形成詩的前世今生，創作過程充滿自由隨性。《PINK NOISE粉紅色噪音》以昂貴的透明賽璐珞片製作，全書三十三首詩全是從英文網站摘錄下來的句子，透過翻譯軟體譯成中文，夏宇加以排列、改寫，甚至放回軟體，再翻幾次。閱讀過程，書頁層層疊透，文字彼此干擾，成為噪音。

《第一人稱》收錄一首三百零一行的長詩，搭配四百餘張攝影作品，實踐影像詩集的概念。集中攝影皆是夏宇所拍，下方佐以詩句，全書設計有如電影螢幕，每個影像下方的詩則是中文字幕，甚至還附上英文字幕，讓讀者有觀影之想像。最新出版的《脊椎之軸》緣於夏宇二〇〇九年春天一段一千六百公里的徒步旅行，當時所寫所記的紙張在旅程結束時一把燒掉，後來追憶、補述成為集裡三十三首詩，內頁以鑄字打凸的方式，沒有任何油墨色彩，欲重現當年在荒野躑躅的痕跡，輕如薄翼的一百一十二頁，恍若無物。

我們可以說，夏宇的「髒話美學」，由內到外都具有卓越的原創性。

「夏宇詩學」已是臺灣當代詩學的「顯學」，夏宇詩作的影響力更是又深又廣，除了文青們爭相閱讀，席慕蓉曾有〈我愛夏宇——Salsa讀前感〉一詩，模仿夏宇《Salsa》的句法吐露對夏宇的喜愛：「我愛夏宇因為她一點也不愛我並且一點也不在／意我要不要擁護她更不在意我有沒有準備好去／研究她的詩她讓我完全自由即使我不懂很多也／可以等於懂了一點點即使我好像懂了也可以並／不怎麼懂。」鯨向海也曾在〈Excuse my poem——寫給「我的」夏宇〉一詩，提及：「你大我二十歲／已經穿牆而過／這裡已經相當炎熱／你說應當有更燒灼之處／……你說詩是上好的青銅器／我說你是一種被燒毀的質地／我輕聲威脅：／『你能不能只是／我的夏宇？』」知名創作歌手陳珊妮更因熱愛夏宇詩作，把夏宇的長詩〈乘噴射機離去〉改成歌曲，共同演繹著曲風和詞意相互搭配的詩意。

最後，夏宇的詩已讓文藝界驚豔不已，詩人「主業」之外，她更兼擅作詞，化名為「李格弟」，跨足流行音樂圈，寫出八〇年代後期至今的眾多熱門歌曲，入圍過數次金曲獎最佳作詞人。這些熱門歌曲裡如趙傳的〈我很醜，可是我很溫柔〉、田馥甄〈請你給我好一點的情敵〉、陳綺貞〈失明前我想記得的四十七件事〉、蔡依林〈PLAY我呸〉、魏如萱〈Ophelia〉等。

細究「李格弟」的歌詞，其實可以發現「夏宇女性詩學」的諸多線索：同樣不受既有框架限制、顛覆傳統、個人風格強烈、表達女性主體性。最明顯的例子是蔡依林的〈PLAY我呸〉：

文藝裝逼亂世盛裝派對
女神豐乳肥臀九頭身材
男神彎弓射雕六塊肌排
比錢更重要的是人魚線
管你小眾大眾我呸
管你是小清新是重口味我呸
管你是那一類甲蟲我呸　我呸　都呸　都 Play

歌詞點破當代人們嚮往文青氣質的假掰、對完美肉體線條的迷戀，並在MV中，以天后蔡依林葷素多變的造型來挑戰什麼是小眾或大眾、小清新或重口味的界線：「我」什麼不屑一顧（「都呸」），也什麼都能恣意展演（「都Play」）。

夏宇寫詩，以發明女人專用之髒話的女性詩學，確實讓臺灣詩壇聽到潛在而多元的女性聲音，同時對男性中心的社會體制發出反抗的震波；夏宇詩學成為臺灣詩史最繽紛絢麗的一頁。夏宇的分身李格弟寫歌，在流行與商業之餘，「髒話美學」亦伏流發展，透過女歌手的傳唱，表現獨特而強烈的女性特質。

參考書目

李癸雲，〈「唯一可以抵抗噪音的就是靡靡之音」：從《這隻斑馬 This Zebra》談「李格弟」的身分意義〉，《臺灣詩學》第二三期（二〇一四年六月），頁一六一—一八五。

李癸雲，〈參差對照的愛情變奏：析論夏宇的互文情詩〉，《國文學誌》第二三期（二〇一一年十二月），頁六五—九九。

李格弟，〈PLAY 我呸〉，蔡依林，《呸》（臺北：華納音樂，二〇一四）。

夏宇，《PINK NOISE 粉紅色噪音》（臺北：夏宇自版，二〇〇七）。

夏宇，《脊椎之軸》，（臺北：夏宇自版，二〇二〇）。

夏宇，《第一人稱》，（臺北：夏宇自版，二〇一六）。

夏宇，《備忘錄》（臺北：夏宇自版，一九八四；一九八六再版）。

夏宇，《腹語術》（臺北：夏宇自版，一九九一；二〇一〇四版一刷）。

夏宇，《摩擦·無以名狀》，（臺北：現代詩季刊社，一九九五）。

奚密著，米佳燕譯，〈夏宇的女性詩學〉，鮑家麟主編，《中國婦女與文學論文集》（板橋：稻鄉，一九九九），頁二七三—三〇五。

席慕蓉，〈我愛夏宇——Salsa 讀前感〉，《迷途詩冊》（臺北：圓神，二〇〇二），頁九六。

鍾玲，《現代中國繆司》（新北：聯經，一九八六）。

鯨向海，〈Excuse my poem——寫給「我的」夏宇〉，《通緝犯》（臺北：木馬，二〇〇二），頁一六五—一六七。

延伸閱讀

夏宇，《Salsa》（臺北：夏宇自版，一九九九）。

夏宇，《這隻斑馬》、《那隻斑馬》（臺北：夏宇自版，二〇一〇）。

愛滋·同志·酷兒：世紀末，怎麼做人？

紀大偉

人們常說，「一九九〇年代是同志文學的黃金時期」，或「解嚴之後，同志文學興盛」。但是這兩種流行值得商榷。這兩種說法形同表示，一九八〇年代末期蔣經國宣布解嚴一舉是因，一九九〇年代同志文學是果。然而，早在政府解嚴之前，八〇年代初期爆發的愛滋疫情就已經激發白先勇、光泰等作家挺身而出，要求社會不要因為愛滋而歧視同志。愛滋帶來的恐慌，反而激發作家紛紛執筆呈現同志，挑戰戒嚴社會的底線。因此，一九九〇年代同志文學的果實，與其歸功於政府解嚴，不如歸功於民間在解嚴之前直面愛滋的勇氣。

愛滋，不讓人當人？

因為愛滋，世人不把同志當人看。愛滋在臺灣文學剛出現的時候，大致被呈現為國外祕辛，也就是不關臺灣的事：愛滋是外國人特有的疾病；外國人來臺灣之後發病；臺灣人在國外發病去世。王禎和的長篇小說《玫瑰玫瑰我愛你》、陳若曦長篇小說《紙婚》、朱天文的短篇小說〈世紀末的華麗〉、顧肇森的短篇小說〈太陽的陰影〉、許佑生短篇小說〈岸邊石〉都將愛滋感染者放在美國境內。

〈世紀末的華麗〉是朱天文的著名短篇小說之一。這篇小說指出，外國出現愛滋，間接導致臺灣的年輕人重新定位自我。小說女主角發現，國外（而不是國內）出現愛滋新聞之後，她身邊的年輕男孩們紛紛變成同性戀：因為國外愛滋案例，男孩們豁出去了，承認他們的同性戀身分認同。許佑生在一九九六年轟轟烈烈公開舉行同志婚宴，其作〈岸邊石〉聚焦於美國紐約的同性戀社群。文中熱愛白種男人的臺灣男配角感染愛滋，從此人際關係大洗牌：美國男人們從此把他當作瘟神迴避，本來跟他斷絕關係的臺灣家人反而為了挽救他而跟他和解。

外國人病死在臺灣的案例在楊麗玲的長篇小說《愛染》出現。《愛染》中的死者和敘事者「我」，是來自馬來西亞的親兄弟，都是在臺僑生，也都是男同性戀者。哥哥以外國人的身分，代替臺灣人，在臺灣發病去世；弟弟以臺灣人的身分，假扮臺灣人，深入臺北新公園探索哥哥的生前祕密。

一九九四年時報百萬小說獎的正獎、評審團推薦獎各頒發給朱天文的《荒人手記》和蘇偉貞的《沉默之島》。這兩部小說剛好都很在乎男同性戀與愛滋。《荒人手記》分成兩個世界：異性戀主流生活在國內平凡運行，同性戀另類生命在國外華麗轉身。桃花甚多的男配角阿堯因為愛滋，骨銷形散，死在日本——他的遭遇是此書爭議焦點之一。《沉默之島》的主人翁是異性戀女人晨勉，同時覺得男同性戀者帶給她威脅，卻也帶給她方便：她看到男同性戀就像照鏡子，想到自己也可能因為不用保險套而感染愛滋，因而感受威脅；但，一旦她懷孕卻找不到生父的時候，又可以找男同性戀者進行假結婚。

> 「辛，你身體是同性戀者，但是你心裡是雙性戀者。你是個平凡的同性戀者。」她從不輕視同性戀者，甚至可以容納與他們共同生活。令她不解的是，辛以她為假想敵的心態。

晨勉這位異性戀女性的自戀自恨情結，投射到書中諸多同性戀男性身上，所以她對他們又愛又恨。她必須跟男同性戀和解，才可以跟她自己和解。

有些世紀末文本將愛滋放入臺灣社會，並沒有將愛滋擋在國外。例如，李昂的長篇小說《迷園》和中篇小說〈彩妝血祭〉都提及臺灣境內的愛滋個案。《迷園》在凸顯女性主體性之餘，也提及愛滋跟男同志：小說展現一群男同志在臺北市中山區的酒吧區為愛滋病患募款。〈彩妝血祭〉這篇所指的「彩妝」，就是政治犯遺孀王媽媽為兒子屍體進行的化妝。小說暗示：監視王媽媽的情治人員可能曾經對兒子性侵；兒子是男扮女裝愛好者；兒子死於神祕疾病（影射愛滋）。

愛滋並非只跟男同志有關。獲得皇冠百萬小說獎的杜修蘭長篇小說《逆女》中，女同志主人翁也一度擔憂自己感染愛滋，畢竟女性也曾經活在愛滋恐懼中。

同志也是人

從一九九〇年代開始，「同志」一詞在臺灣快速取代聽起來刺耳的「同性戀」。多虧同志一詞，世人開始把同志當人看。

一般認為：「同志」一詞在臺灣流行，要歸功香港影劇人士林奕華。一九九二年臺北金馬影展舉辦「同志電影單元」，林奕華跟臺灣觀眾介紹香港影展用「同志」取代「同性戀」的經驗，還挪用孫中山遺言「革命尚未成功、同志仍需努力」來強調這種說法的正當性。這一串講古說法已經成為常識，但常識往往應該被質疑。「同志說法始於林奕華」、「同志一詞來自國父」之類說法，都是以訛傳訛。

在林奕華之前，出身新加坡的作家邁克早就說過「同志」是「homosexual」。在一九七〇年代，邁克就在美國挪用「中共本黨同志」的「同志」取代「同性戀」。但邁克也不是「同志」說法的創發人，因為他挪用中共用詞。中共也不是同志的創發人，因為他們挪用孫文的「同志仍需努力」一說。但是孫文是真正的「同志」創發人嗎？孫文的前輩梁啟超已經在慈禧時期零星使用「同志」。梁啟超使用「同志」，則可能受現代化的日本影響。

「同志文學」這個詞彙開花結果，是在臺灣，而不是在香港。邁克、林奕華只指出「同志」和「同志電影」的關係，並沒有從「同志」延伸到「同志文學」。然而，楊宗潤在臺北主持的開心陽光出版社已經將「同志文學」這個詞視為理所當然、天經地義。

談到同志，人們經常重男輕女，優先想到男性。但，早在「同志文學」一詞流行之前，女性作家的作品或描寫女同志的文本就已經震撼文壇。一九九〇年獲得自立晚報百萬小說獎的凌煙長篇小說《失聲畫眉》、一九九一年獲得聯合報短篇小說首獎的曹麗娟作品〈童女之舞〉都是範例。

《失聲畫眉》曾經掀起爭議：本土的歌仔戲文化怎麼會跟妖冶的同性戀（以及雙性戀）的女性情慾並存？

在臺前，家鳳是風流倜儻的小生，愛卿是紅顏薄命的苦旦，而她（阿琴）只是一名插科打諢的三花。戲仍然要照常演出，該恩愛的時候得恩愛，該誤會打耳光的時候可是真的出手，家鳳都咬牙忍受下來。……晚上同榻而眠，有時家鳳會充滿柔情的摸著她，有時卻不知在想些什麼的背對她，她便裝著熟睡中無知覺的動作，伸手抱緊家鳳的腰，期待著家鳳會有什麼情不自禁的行為，盼來的都只是一夜的失望而已。

「歌仔戲班導致情境式女同性戀」的常見說法，不但意味本土的歌仔戲導致女人變成同性戀，也暗示同性戀女子打造出歌仔戲。也就是說，女同志是臺灣本土文化的必要功臣，容不得讓人當作異類逐出。

〈童女之舞〉中，異性戀女主角對於雌雄同體的閨蜜，從高中時期一直到前中年期，始終一往情深——雖然兩人沒有親熱過，也未必相戀過。這種無關性愛並且逾越性別的情感，讓不分女男、不分同志非同志的各界讀者感同身受。〈童女之舞〉見報之後，因為電腦和網路尚未普及化，各界讀者藉著剪報或影印本傳閱〈童女之舞〉，傳為佳話。

酷兒不是人

說到「酷兒」，一般歸諸一九九四年獨立刊物《島嶼邊緣》第十期「酷兒QUEER」專輯。洪淩、紀大偉、但唐謨客座主編的這個專輯率先將當時英美同志運動的熱門字

【短篇小說第一名】

童女之舞

曹麗娟

民國四十九年冬天生於彰化田尾鄉，幼喜聽日本演歌及台灣民謠，喜看野台歌仔戲，入學前一度迷上繪畫，八歲學作文，開始玩編故事遊戲，十五歲進台中商專企管科（五專），十六歲開始寫詩，民國七十年進淡江大學中文系，翌年獲淡江五虎崗文學獎新詩首獎，七十一年開始寫小說，同年以〈紅顏〉獲聯合報短篇小說獎，現任職漢聲出版社。

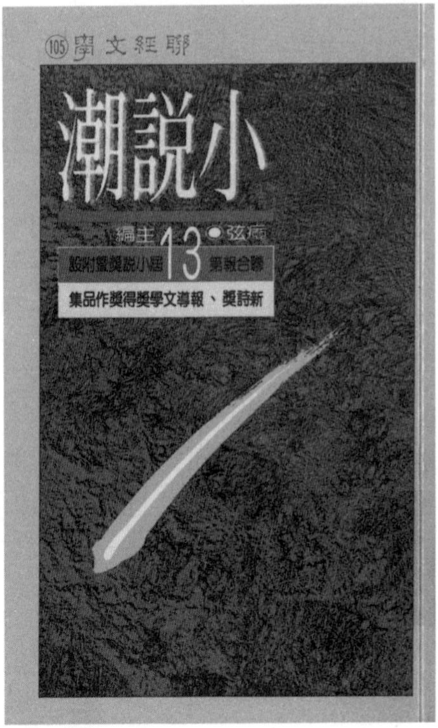

曹麗娟〈童女之舞〉於 1991 年發表，獲聯合報短篇小說首獎，
隔年收錄於《小說潮》。
圖片提供：聯經出版

「queer」翻譯為「酷兒」。「Queer」本來是英美史上羞辱同志的汙名，但運動者逆轉汙名，把「queer」轉化成同志自我培力的工具。陳雪最早一本小說集《惡女書》也在逆轉汙名：書中，從事性工作的母親，跟女主人翁在夢中發生曖昧，但是陳雪將「惡女」的「惡」逆轉為認同的力量。

同志一詞把同性戀當人看，但是酷兒偏偏唱反調，持續把同性戀當異類。事實上，各種社會弱勢人口，如美國黑人等等，不管將自己視為社會局內人還是標舉為社會異類，都各有利弊。同志強調同性戀也是人，也就為同性戀爭取安全感；酷兒說同性戀仍然不是人，則提醒同性戀居安思危，不可自我感覺良好。「同志文學」和「酷兒文學」，與其說是兩種不同文學，還不如說是文學的兩種不同面向。我列出三類酷兒文本，各自呈現「古人類」、「新人類」、「假人類」。這三類文本的特色並不在於跟同志文學對立，而在於都對「人道主義」提出質疑。根據人道主義寫出來的文學角色（包括同性戀角色）是活在當下的、完整無缺的、讓讀者感同身受的，可是「酷兒文學」偏偏不符合人道主義信念，讓讀者覺得是異類。

第一類文本呈現的「古人類」距離當代太遠，讓讀者難以「心生共鳴」。強烈暗示孔老夫子本人就是同性戀的舞臺劇《毛屍》只要求聳動，並不訴諸感動。這齣戲的編導是因為愛滋而去世的田啟元，演員包括資深同志運動者祁家威。大量引用詩經作為臺詞的《毛屍》（亦指代稱《詩經》的「毛詩」）選擇向孔子下手，應該是要藉著調侃儒家道統來挑戰八〇年代的黨政霸權。《毛屍》早在「同志」、「酷兒」理念流行之前登場，卻執行了「酷兒閱讀」的歪讀策略，將孔子詮釋為同性戀。

第二類文本呈現的「新人類」（不是指路邊可見的耍酷青少年，而是指未來的人類）也「不訴諸感動」，反而讓讀者覺得陌生。這類文本藉著寄託未來、迴避當下，剛好符合二十一世紀熱門議題「酷兒未來性」（queer futurity）。平路在短篇小說〈世紀之疾〉想像一個愛滋已經完全絕滅的未來世界：那時候的同性戀者不受愛滋威脅，卻也同時失去愛滋牽連的情慾亢奮。洪凌短篇小說集《異端吸血鬼列傳》打造的吸血鬼、紀大偉科幻小說《膜》推出的跨性別生化人，各自走上「世紀之疾」這種讓讀者覺得陌生的未來路線。

第三類文本呈現的「假人類」，是指肖似（同性戀的）人類卻又不盡然等同真人的角色。正如佛洛伊德提醒，這種似人非人的人偶給讀者「詭異」（uncanny）的感覺。邱妙津的《鱷魚手記》中的「鱷魚」就是人偶似的角色。《鱷魚手記》分為兩條敘述線進行：自稱「拉子」的同性戀大學女生這條線是悲情的——她的故事比較容易讓人感動。她說出書中著名句子：

> 雖然我是個女人，但是我深處的「原型」也是關於女人。一個「原型」的女人，如

> 高峰冰寒地凍瀕死之際升起最美的幻覺般，潛進我的現實又逸出。我相信這就是人生絕美的「原型」，如此相信四年。花去全部對生命最勇敢也最誠實的大學時代，只相信這件事。

同時，卡通人物一般的「鱷魚」占據了另一條逗趣的線——牠的故事「不訴諸感動」。解嚴後的記者以媒體自由之名行偷窺女同性戀次文化之實，但是鱷魚卻神經大條地撲向記者——鱷魚代替同性戀者，行俠仗義。

邱妙津後來以《蒙馬特遺書》，先幫死去的兔子寵物送終，然後孤單一人在巴黎跟人間告別。邱妙津的作品指陳好好做人的艱難，卻引起各國讀者共鳴。越南裔美國詩人王鷗行（Ocean Vuong）的著名小說《此生，你我皆短暫燦爛》（*On Earth, We're Briefly Gorgeous*）開頭的第一句話，就引用《蒙馬特遺書》——「但是讓我再以我的生命為基礎，用我的文字建這一小方地，看看，能不能再給你一個中心，好嗎？」

在此同時聚焦在「愛滋」、「同志」、「酷兒」三個詞上面，是因為這三個詞彼此牽連，不宜拆開理解。正因為「愛滋」在一九八〇年代帶給同性戀空前壓力，各界才會在一九九〇年代採用「同志」一詞，藉此說服社會接受同性戀，以及種種性少數人士。如果愛滋風暴未曾發生，那麼各界也就不會出現「用『同志』取代『同性戀』」的迫切需求。

邱妙津高三下學期的生活週記，內容包括對高壓升學主義的抵制、對於自己學習態度的反省，以及對文學的喜愛等。

紀大偉《膜》1996 年由聯經首次出版，後再版多次，並翻譯成日文、法文與英文。
圖片提供：聯經出版

但是同性戀——以及性少數人士——並非鐵板一塊：有些人樂意採用「同志」一詞跟社會和解，有些人則抗拒「同志」一詞暗示的和諧，改用其他詞彙來凸顯汙名化人口（例如，因為愛滋而被汙名化的人口）跟社會的持續決裂。質疑同志跟社會共享大愛的「酷兒」一詞也就應運而生。

時過境遷，人們泰半遺忘這三個詞彙牽連的命運。「同志」跟「酷兒」已經混用，難以區分。「愛滋」帶給各界的極度焦慮，也逐漸為人淡忘。詞彙與時俱進的流變固然無可厚非，但至少我們可以記取汙名化如何量產受害者的歷史教訓。

參考書目

王禎和，《玫瑰玫瑰我愛你》（一九八四；臺北：洪範，一九九四再版）。

王鷗行（Ocean Vuong），何穎怡譯，《此生，你我皆短暫燦爛》（*On Earth We're Briefly Gorgeous*）（臺北：時報，二〇二一）。

平路，〈世紀之疾〉，《百齡箋》（臺北：聯合文學，一九九八），頁一五—二三。

田啟元，《毛屍：Love Homosexual in Chinese》（一九八八首演；臺北：周凱劇場基金會，一九九三）。

朱天文，〈世紀末的華麗〉（一九九〇），《世紀末的華麗》（臺北：遠流，一九九二），頁一四一—一五八。

朱天文，《荒人手記》（臺北：時報，一九九四）。

朱偉誠，〈另類經典：臺灣同志文學（小說）史論〉，朱偉誠編，《臺灣同志小說選》（臺北：二魚，二〇〇五），頁九—三五。

朱偉誠，〈國族寓言霸權下的同志國：當代臺灣文學中的同性戀與國家〉，《中外文學》第三六卷第一期（二〇〇七年三月），頁六七—一〇七。

李昂，〈彩妝血祭〉，《北港香爐人人插：戴貞操帶的魔鬼系列》（臺北：麥田，一九九七），頁一六三—二二〇。

李昂，《迷園》（臺北：李昂自版，一九九一）。

杜修蘭，《逆女》（臺北：皇冠，一九九六）。

林寒玉、邵祺邁整理，〈臺灣同志文學及電影大事紀〉，《聯合文學》第二七卷第一〇期（二〇一一年八月），頁六四—七〇。

邱妙津，《蒙馬特遺書》（臺北：聯合文學，一九九六；臺北：印刻，二〇二〇再版）。

邱妙津，《鱷魚手記》（臺北：時報，一九九四）。
洪凌，《異端吸血鬼列傳》（臺北：皇冠，一九九五）。
紀大偉，《同志文學史：台灣的發明》（新北：聯經，二〇一七）。
紀大偉，《膜》（新北：聯經，一九九六）。
凌煙，《失聲畫眉》（臺北：自立晚報，一九九〇）。
曹麗娟，〈童女之舞〉，《小說潮：聯合報第十三屆小說獎暨附設新詩獎、報導文學獎得獎作品集》（新北：聯經，一九九二），頁七—三七；《童女之舞（二〇二〇祝福版）》（臺北：時報，二〇二〇），頁一九—六七。
許佑生，〈岸邊石〉（一九九〇），郭玉文編，《紫水晶》（臺北：尚書，一九九一），頁一三—三七。
陳若曦，《紙婚》（臺北：自立晚報，一九八六）。
陳雪，《惡女書》（臺北：皇冠，一九九五）。
楊麗玲，《愛染》（臺北：尚書，一九九一）。
劉亮雅，〈世紀末臺灣小說裡的性別跨界與頹廢：以李昂、朱天文、邱妙津、成英姝為例〉，《情色世紀末：小說、性別、文化、美學》（臺北：九歌，二〇〇一），頁一三—四七。
劉亮雅，〈怪胎陰陽變：楊照、紀大偉、成英姝與洪凌小說裡男變女變性人想像〉，《中外文學》第二六卷第一二期（一九九八年五月），頁一一—三〇。
劉亮雅，〈跨族群翻譯與歷史書寫：以李昂〈彩妝血祭〉與賴香吟〈翻譯者〉為例〉，《中外文學》第三四卷第一一期（二〇〇六年四月），頁一三三—一五五。

蘇偉貞，《沉默之島》（臺北：時報，一九九四）。

顧肇森，〈太陽的陰影〉（一九九〇），《季節的容顏》（臺北：東潤，一九九一），頁五〇—七五。

Fran Martin, *Situating Sexualities: Queer Representation in Taiwanese Fiction, Film and Public Culture* (Hong Kong: Hong Kong University Press, 2003).

Teri Silvio, "Lesbianism and Taiwanese Localism in The Silent Thrush," in *AsiaPacifiQueer: Rethinking Genders and Sexualities*, ed. Fran Martin, Peter Jackson, Mark McLelland and Audrey Yue (Urbana: University of Illinois Press, 2008), pp. 217.

感官歷史與肉身地理：解嚴後女作家的國族與情慾書寫

李欣倫

解嚴前後，威權稍鬆動，文學也大膽玩起長年禁忌的政治素材，出現個人情慾與國族寓言交織的幾部作品。女作家聚焦於歷史創傷、白色恐怖，重寫民主烈士，或著眼於城市都會和故鄉場景，搭建異質空間作為個人情慾操演的舞臺——無論是溯返歷史或細寫地理，皆附著於感官與肉身之上。在這當中，臺灣的二二八事件就成為幾位女作家小說中的關鍵背景，將政治迫害、家族創傷與女性情慾和成長痛楚交織在一起，如陳燁《泥河》、李昂《迷園》，皆觸及此一歷史創傷記憶。

白色恐怖的濃豔記憶

陳燁《泥河》以女性觀點，描寫二二八事件前後的府城家族和地方仕紳，如何在動蕩不安的政局下逐漸瓦解而沒落。在陳燁後來出版的自傳《半臉女兒》中，可知《泥河》其實有所本，故事源於陳燁的家族哀歌，虛構人物依稀都找得到本尊。小說中的城真華在事件中失去了愛人，政治迫害導致男人缺席，無可奈何嫁給最後敗光家業的炳家。小說家道出了政治暴力如何摧毀家族，又如何扭曲渴愛不得、獨守空閨的女子心靈，更將痛苦輾轉延續至其子女。白色恐怖如同一雙勒緊家族希望和情感的權威大手，而女作家描畫了臺灣人的集體創傷記憶。此書後來重新改版成《烈愛真華》。

同樣以二二八事件為素材的還有李昂〈彩妝血祭〉，這篇小說同時寫出女主角王媽媽的丈夫是二二八受難者，兒子則是男同性戀的兩個敏感議題。女主角新婚之夜，天才濛濛亮，新郎就遭軍警帶走，年少青春被迫守寡，獨力養子，成為旁人迴避和側目的女子。但她勇敢、堅毅、不放棄，最終成為著名的新娘化妝師，也是黨外反對運動先鋒，慷慨支助異議分子，積極參與民主運動。白色恐怖遺腹子、嶄露頭角的內科醫師、勇敢無私的王媽媽，照說應疊加出燦爛的民主之花，但王媽媽不願承認兒子是男同志並夜夜釣老男人的事實，遲來的母子重逢卻是白髮送黑髮人。李昂以攝影機般的慢速鏡頭，跟著王媽媽為遺體上妝的過程：

> 王媽媽從化妝箱底拿出一瓶礦泉噴霧水，朝躺在木棺裏的兒子臉面，仔仔細細的噴滿一圈。再取出卸妝的白色乳液擠在手指頭上，在兒子的額、雙頰、下巴四處勻勻的

點上，以雙手輕輕按揉。⋯⋯

少去那層粉紅色澤的粉底，兒子的臉面霎時瘦陷一整圈，灰死的青白中還已然泛黑，崢嶸的浮著怒容，冤屈不平。所幸唇上仍留著原上的深色口紅，雖看來十分妖異，但至少是一點人的色澤。

王媽媽略一遲疑，不曾卸去唇上口紅，端詳著兒子屍灰冤鬱的臉，安撫的低聲說：

「你放心，以後不免假了。」

上妝乍看是遮掩，在小說中卻是真情相對、生死相隔的除魅時刻。王媽媽為兒子上妝既是送別的例行公事，也是重新接納兒子的象徵。國族、感官、同志、身體等關鍵詞在李昂筆下，拼組成一張濃豔彩妝的臉孔。

軍政鬼魅的大手在夜裡悄悄帶走家中男人，讓女性從此恐懼喑啞的故事，是解嚴後女作家極力發揮之處。比起〈彩妝血祭〉直接將五十年後二二八事件的遊行隊伍寫進小說，李昂的第一部長篇小說《迷園》顯得較為含蓄，但仍觸及白色恐怖的創傷。

童年時期，女主角朱影紅的父親被捕，暗夜倉惶被架走的畫面成為她揮之不去的夢魘。小說中的地理空間「菡園」，也是朱影紅的教養所在和政治啟蒙之地，無論是修剪百年莿桐、砍拔來自大陸的櫸木還是移植楊桃樹和鳳凰木，園中的草木生態皆是國族隱喻——「種一棵臺灣的樹」意味著自我認同的修復。小說開頭便以朱影紅修復宛若迷宮的菡園為始，帶讀者穿梭鹿港園林與臺北空間。所謂的「迷園」恰好對應著情感結構與地理空間，菡園中的草木勃發生氣，對應於籠罩臺北盆地的溼熱，以及城中宴會廳、賓館、小套房的色聲香暗流。李昂寫出幽微人性和燦爛慾望，輝耀著物質的精緻華美，女性情慾如挺立花蕊，高聲叫喊。

世紀末的認同慾望

慾望、身體和物質，在朱天文〈世紀末的華麗〉中也高分貝混音，華麗極致混搭展演，被「慾海情冤醃漬透了」的青春小鮮肉行走臺北街頭，字裡行間充溢著青春迷幻或青春追憶。除了身體，貼身的物質更彰顯慾望，與肌膚相親的衣飾配件、香水更是青春男女們的必備行頭：三宅一生、香奈爾式套裝、卡文·克萊的迷情，小說中的時尚型錄包裹肉身，朱天文細數衣物顏色材質，文字間全是飽和、高解析度甚至滿溢出來的五感經驗：

> 乳香帶米亞回到八六年十八歲，她和她的男朋友們，與大自然做愛。這一年臺灣往前大跨一步，直接趕上流行第一現場歐洲，米亞一夥玩伴報名參加誰最像瑪丹娜比

賽，自此開始她的模特兒生涯。體態意識抬頭，這一年她不再穿寬鬆長衣，卻是短且窄小。瑪丹娜褻衣外穿風吹草偃颳到歐洲，她也有幾件小可愛，緞子，透明紗，麻，萊克布，白天搭麂皮短裙，晚上換條亮片裙去 Kiss 跳舞。

依賴嗅覺、視覺的米亞在臺北城無時差連線米蘭、巴黎、東京時尚，衣著配件呼應著環保意識，回歸靈性的訴求下，印度香料尼泊爾花草如金箔貼身，女身幻變成女巫，臺北就是女身的伸展臺。

透過米亞的時尚拼貼秀，朱天文寫出「一個行屍走肉的身體」（詹宏志語），滾滾紅塵中認真於感官練習的女子，卻是離蒼涼和衰老這麼近，而朱天心〈想我眷村的兄弟們〉中的人物體內則住著老靈魂，他們職業各異，散落於人海，卻都沉迷於思索死亡。如今還是文青們的慣用語「老靈魂」是指「那些歷經幾世輪迴、但不知怎麼忘了喝中國的孟婆湯、或漏了被猶太法典中的天使摸摸頭、或希臘神話中的 Lete 忘川對之不發生效用的靈魂們，他們通常因此較他人累積了幾世的智慧經驗」。死亡的形狀就在反覆推敲和張望的風景間逐漸成型，而〈想我眷村的兄弟們〉則追想並召喚眷村童黨，帶出了族群認同議題。

世紀末，省籍議題和臺灣人的定位成為政治舞臺上、聚光燈下的關鍵詞，朱天心在小說集《古都》也藉〈匈牙利之水〉和〈古都〉深刻論析族群認同。〈匈牙利之水〉藉由香水為記憶索引和溯返路徑，主角「我」沿著嗅覺的感官路徑追索成長回憶，以香茅油、樟腦樹為索引，標記出成長空間與軌跡，而夾雜在女作家百科全書式的氣味知識外，是臺灣農家和眷村空間的抒情地理。〈古都〉裡中年女子遠赴京都見老朋友，沒見到老友的她漫遊京都，提早回臺被錯當成日本觀光客，乾脆將錯就錯跟著旅行團重新賞遊臺北：臺灣銀行、西門町、總統府等處，當今的地名疊印著古都地圖臺北城的前世今生，臺灣近代史的追憶似水年華卷軸，就在古都散策中徐徐開展。

以血肉之軀翻案

解嚴後，偉人揭密和政治人物大翻案一度流行起來。平路先以劇本〈誰殺了×××〉重寫蔣經國、章若亞的私情，之後出版的第一本長篇小說《行道天涯》則聚焦於國父孫中山和國母宋慶齡，試圖在新聞專業、史料考證和說故事的技藝間，取得微妙的寫作平衡，將兩人從被歷史供奉的神壇請下來，以細膩的文學妙筆重新填鑄偉人血肉，想像兩人的煩惱與心事，提供國父、國母形象神話的番外篇。

她一方面刻畫老丈夫的暮年身體，一方面寫宋慶齡晚年面對小她三十歲的生活祕書S的心事：

> 丈夫生病的那些日子，她反覆夢到一碰就要碎成灰屑的男人身體。丈夫無言的眼睛，死魚樣地露出一大塊白。
>
> 儘管在那麼詭異的夢裡，念頭仍然閃過：真想把丈夫一雙手抓著，泡進熱肥皂水裡刷刷乾淨。她又記起了丈夫挖鼻孔的動作——
>
> 用哪一隻手指呢？
>
> 現在，她迴避去想自己處處顯出年紀的身體，她的手倒是例外，從來細細嫩嫩的。她先挫了挫左手的指甲，再伸出右手，撒嬌地要S幫她修成跟左手的指甲一模一樣長。

把偉人從神壇請下來的方式就是賦予他一副血肉之軀，且要寫到骨子裡，因此平路寫偉人鴛鴦枕上的鼻毛鼻屎、手背的老人斑、口涎和皮肉，寫國母的身體、指甲和心事。女作家試圖以充滿身體感的角度讀寫歷史，在昭昭正史和英雄事蹟之暗面，編織幽微情事。

女作家除了處理國父、國母的身體和慾望，也大膽突破禁忌和寫作框架，將目光放到民主運動風起雲湧的時代中的女性。隨著解嚴後時局日趨開放，李昂說：「我的心勃勃的跳動，在《迷園》裡只能潛藏的政治主題，終於有機會破繭而出。」

一九九五年，李昂至奧地利開會後至東歐一遊，開放不久的異地氛圍激起她寫〈戴貞操帶的魔鬼〉，兩年內完成「戴貞操帶的魔鬼系列」《北港香爐人人插》。其中，〈北港香爐人人插〉發表後撼動文壇和政界，其中「成功睡了許多反對黨內的」林麗姿被解讀成影射某女政治人物，引發後續的媒體政治秀。李昂以大膽用詞和生猛譬喻連綴女體與臺灣，陰戶連結臺灣島，女體又被空間化（公廁）、交通化（公共汽車）與民俗化（北港香爐），不僅是政客、路人皆想窺看與詮釋的政治寓言，亦可看出解嚴後逐步開放的氛圍，引逗女作家們大展身手，大吐真／箴言。

黏著臺灣

從九〇年代跨入新世紀，感官歷史與肉身地理的雙重組合，仍舊是女作家們說故事的慣用配方。

九〇年代完成「香港三部曲」《她名叫蝴蝶》、《遍山洋紫荊》和《寂寞雲園》的施叔青，在新世紀則將目光著眼臺灣，以性別、身體、痛史為關鍵詞，書寫不同時代、多元族群的三段臺灣苦難史「臺灣三部曲」——《行過洛津》、《風前塵埃》和《三世人》。無論是清領、日治與國民黨統治的臺灣史下的何種角色，他們的哀豔生命無不試圖提出：「我是誰」、「我在哪裡」的大哉問。不同於男性作家大河小說式的布局，施叔青也以感官為線索。《三世人》開端寫二二八事件後施朝宗連夜奔逃，就用一連串的聽覺，暗示事件後的苦難之聲：哀求聲、腳步聲、槍聲、吶喊聲、敲鑼打鼓的示威聲，細寫感官的同時也帶領讀者細窺苦難留在肉身上的烙印。

《徵婚啟事》的作者陳玉慧，新世紀也寫出結合家國、信仰、身體和空間的《海神家族》，鍾文音也試圖以「島嶼百年物語」三部曲——《豔歌行》、《短歌行》與《傷歌行》，回顧白色恐怖到經濟起飛的臺灣發展史，其中，家族創痛、女身情慾、受難肉身也是關鍵詞。

新世紀的前十年間，新鄉土寫作蔚為風潮，方梓的《來去花蓮港》堪稱後山移民的史詩鉅作，她以三個女子的故事和身世，譜寫花蓮史地的人情日常。方梓說：「我們遷移，從山前來後山，顛躓於石頭和荊棘間的過程，用手、用子宮、用筆播植人生的新園地。」同樣關注於母系和女性議題的周芬伶，在《花東婦好》中聚焦於屏東潮州家族，召喚跨時空的女巫和女神，以細緻的感官復興母系，鋪展成眾女子的創傷記憶與歷史敘事。

自解嚴後至新世紀，女作家們接續以感官為經、肉身為緯，黏著臺灣史地，在時代氛圍開放多元之際，彼此唱和，交織迴盪成堅定而清晰的女聲。

參考書目

方梓，《來去花蓮港》（臺北：聯合文學，二〇一二）。

平路，《行道天涯》（臺北：聯合文學，一九九五）。

平路，《誰殺了×××》（臺北：圓神，一九九一）。

朱天心，《古都》（臺北：麥田，一九九七）。

朱天心，《想我眷村的兄弟們》（臺北：麥田，一九九二）。

朱天文，《世紀末的華麗》（臺北：遠流，一九九〇；臺北：印刻，二〇〇八）。

李昂，《北港香爐人人插》（臺北：麥田，一九九七）。

李昂，《迷園》（臺北：麥田，一九九八）。

周芬伶，《花東婦好》（臺北：印刻，二〇一七）。

施叔青，《三世人》（臺北：時報，二〇〇九）。

施叔青，《行過洛津》（臺北：時報，二〇〇三）。

施叔青，《風前塵埃》（臺北：時報，二〇〇八）。

陳玉慧，《海神家族》（臺北：印刻，二〇〇四）。

陳燁，《半臉女兒》（臺北：平安，二〇〇一）。

陳燁，《泥河》（臺北：自立晚報，一九八九）；《烈愛真華》（新北：聯經，二〇〇二）。

鍾文音，《短歌行》（臺北：大田，二〇一〇）。
鍾文音，《傷歌行》（臺北：大田，二〇一一）。
鍾文音，《豔歌行》（臺北：大田，二〇〇六）。

延伸閱讀

朱嘉漢，《裡面的裡面》（臺北：時報，二〇二〇）。
李昂，《禁色的暗夜：李昂情色小說集》（臺北：皇冠，一九九九）。
沈玉華，《查某人的二二八：政治寡婦的故事》（臺北：玉山社，二〇二〇）。
林芳玫，《永遠在他方：施叔青的臺灣三部曲》（臺北：開學，二〇一七）。
胡淑雯、童偉格編，《讓過去成為此刻：臺灣白色恐怖小說選》（臺北：春山，二〇二〇）。
劉亮雅，《遲來的後殖民：再論解嚴以來的臺灣小說》（臺北：國立臺灣大學出版中心，二〇一四）。

【小專欄】

都會男女的真心話大冒險：《徵婚啟事》跨媒介改編

謝欣芩

從報紙的徵婚廣告，到社群媒體的徵友文，寫滿對伴侶、愛情和婚姻的期待、想像與憧憬。每一次的張貼，都是一種大冒險，投擲真心，等待，換取幸福或者落空。你也曾經徵友嗎？

一九八九年十一月，作家陳玉慧在三大報上刊登徵婚啟事，以主角吳小姐的角度，設定徵婚標準為「生無悔，死無懼，不需經濟基礎，對離異無挫折感，願先友後婚，非介紹所，無誠勿試」。在一百零八位應徵者中，挑選出四十二位男性，以信件或電話聊天後見面，並以具備小說、散文與報導文學的形式記錄與這些對象的互動過程，先是連載發表，後集結成書《徵婚啟事：我與四十二個男人》

（一九九二）。靈感源自巴西劇場家波樂（Augusto Boal）的「無形劇場」，人生和劇場本無邊界，在刊登啟事後，發文者與應徵者從此踏上舞臺進行演出。

男性應徵者來自各行各業、背景迥異，有醫生、棋士、通靈者、旅美學者、幫派分子、失婚者、媽寶，而每篇作品長短不一，有的只是通話紀錄，有的則是細膩地記錄應徵對象的言行舉止，並以主觀的女性視角書寫對應徵者的凝視與評價。見面時雙方的聊天話題包羅萬象，舉凡交友與結婚、價值觀、人生閱歷乃至對身體與性的探索，體現出兩性對於這些議題思索上的差異。《徵婚啟事》翻轉「男追女」的主從與階序關係，以女性作為主體，將男性他者化，以徵婚作為能動性的實踐，展演當代女性的性別意識：

> 我與這些徵婚人之間的來往是平等的。在整個交往過程中，我從未虛偽地利用任何人的感情，而其實我最在意的仍然是自己真實的反應。
>
> 我的徵婚動機一如我的創作動機，它們是一體的二面。也許我是個平凡的女人，雖然我的確知道，做為一名女性，實踐自我遠比婚姻生活重要，但我曾經那麼想結婚。

《徵婚啟事》不僅僅是文字紀錄，更是劇場表演、藝術行動。在書籍出版之後，先後改編為舞臺劇（一九九三年首演）、電影（一九九八）和電視劇（二〇一四），藉由跨媒介改編創作，擴大讀者與觀眾範圍，並將作品主題進行多重形式的轉化與傳播。

舞臺劇首次由李國修編導，屏風表演班演出，其後果陀劇場亦曾演出此作品。李國修的舞臺劇版，以劇中劇形式進行改編，劇內劇外、舞臺上下皆在演出，多重時空與複雜的人物關係，更凸顯出世間男女對於愛情與婚姻的渴望與失落，最終只能擁抱自己。電影作品由陳國富導演，劉若英主演。女主角杜家珍為眼科醫生，教育程度高、收入高、顏值高，採用紀錄片的手法拍攝，和每位應徵者見面的地點都是同一個茶藝館，沒有太多的運鏡與表演，更多的是特寫鏡頭下，人物的真誠對話和相互觀看，同時穿插女主角與其大學教授的諮商內容，揭露現代女性內心的疑惑與不安。電視劇則出現較大幅度的改編，隋棠飾演的出版社總編輯李海寧在經歷感情低潮後，決定在出版計畫中展開自己的徵婚行動。與陳玉慧的原著作品雖已相隔二十五年之久，仍延續小說、舞臺劇到電影的徵婚行動，女主角在各行各業形形色色的男性之間探索各種可能和愛情的模樣，但是電視劇中李海寧最終在人生勝利組又浪漫的珠寶企業總裁和年輕陽光的單車快遞員之間選擇了後者，讓我們看見女性擇偶標準的確立並勇敢做出選擇，終於遇見Mr. Right。

這一系列以「徵婚啟事」為題的跨媒介改編創作，讓我們了解一九九〇年代以來女性生命經驗的時代意義。藉由徵婚，女性在此過程中認識自己，反覆辯證對愛情與婚姻的想像，從文字到電視劇歷時二十多年的創作歷程，在在回應不同階段臺灣女性的自我探索與實踐、性別角色和社會地位的持續轉變，而我們也在此中見證了臺灣女性的成長史。

第五章　千禧玫瑰・性別越界

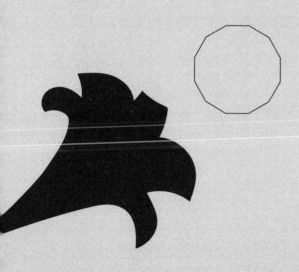

同志們蜂擁進出的未來：新世紀以來的臺灣同志詩

楊佳嫻

臺灣的性別論述與性別書寫，於上世紀末以來，呈現盛放姿態。跨入新世紀以來，雖然各式各樣經由輿論、政治、教育等管道進行的打壓、反對、醜化行動不絕如縷，這一次次的反挫仍構成了省思與培力的契機。而就在困境與進境中，以同志情慾、生活與心境為主題的現代詩，湧現精彩的創作浪潮。

盛放中的性別與詩

在國家政策方面，「性別主流化」觀念底下，性別平等的實踐與相關意識的培養，成為政府各部會、各層級校園、各類勞動現場必須遵循的原則，性騷擾應舉報、性別歧視可申訴，也逐漸成為共識。在民間組織方面，性別團體如雨後春筍成立，包括二〇〇〇年成立「臺灣同志諮詢熱線協會」、緣起於二〇〇五年「女同志媽媽聯盟MSN社群」的「臺灣同志家庭權益促進會」、二〇一二年正式立案並由其律師團核心促成《釋字第七四八號解釋施行法》通過的「臺灣伴侶權益推動聯盟」，以及因應同婚立法運動而生的「婚姻平權大平臺」（現更名為「彩虹平權大平臺」）等重要團體，從諮商、口述歷史、教育、法律、政治等面向上廣泛倡議性別平權的實踐。而在目前，跨國伴侶與跨性別者的權益是進一步擴大關注的對象。

與政府、民間的行動同步，則是在視聽娛樂文化上。過去可能被視為必須隱藏、含蓄的性別議題，也成為閱聽大眾關注的焦點，並成為同志成長的共同記憶。如易智言執導的電影《藍色大門》裡奔馳的青春記憶與祕密、蔡依林的大熱歌曲〈玫瑰少年〉藉葉永鋕事件倡議平等與關懷等等，甚至是電視八點檔鄉土劇《世間情》也置入了女女戀，同性一吻，衝高了收視率。

誠如紀大偉《同志文學史》所指出的，在社會風氣保守肅殺的戒嚴時期，同志口述歷史難以取得，想認識這個時期的臺灣同志只能通過替代品，也就是同志文學。文學於是在同志領域發揮了「為被遺忘的故事創造可以說故事的空間」（歷史學家 Max Page 語）的功能。而在環境轉變、同志的口述歷史可以大方面世之時，同志文學並未因此削減重要性和活力，且仍持續拓展我們對於人類自我、親密關係乃至家庭圖像的認識和想像。其中，現代詩在文體、技術與美學上更利於或偏於隱藏的特性，能發展多重解讀，如陳斐雯〈留影〉可以視為女女情詩，也可以視為現在的自己寫給少女時代的自己。而有志於以相關題材來挑動社會敏感神經、促發討論者，詩的檢省跳躍，濃縮敲擊，竟也適合以有限篇幅游擊戳刺，陳克華〈肛交之必要〉一詩即為力證。

鯨向海曾在〈他將有壯美的形貌：同志詩初探〉一文中，藉著從未被人往「同志詩」解讀的作品，談到此一文類的曖昧。羅智成〈夢中情人〉中出現「他將有壯美的形貌」、「我們的文明還不足以指認出他」、「他是個彼得潘／總是在初戀」、「當我百般舔弄他／胯間的獨角獸時」等等極容易「歪讀」（Queer Reading）的句子，那麼，這是同志詩嗎？鯨向海問：「在辨識同志詩時，應憑著怎樣的角度切入，是意象還是內容呢（還是八卦）？跟作者的性別（與性別認同）是否相關？是否完全靠著直覺詮釋？」事實上，「同志詩」未必在詩句中出現「同志」字眼，而明晃晃祭出「同志」二字的詩，到底寫哪一種「同志」？寫「同志詩」的詩人本身也未必是同性戀。反而，在長期社會不友善的、窺探的眼光底下，密語與喬裝早就是同志們多年練就的技術，在寫作上也是如此。於是，真正以同志為主體的「同志詩」，只能憑著一二固定詞彙來辨認的讀者，未必能夠察覺；假託為異性戀的同志詩，更是撲朔迷離，似彼似此。

紀大偉《同志文學史：台灣的發明》於 2017 年出版，內容涵蓋一九五〇年代至的二十一世紀初各類型臺灣同志文學作品，包括長、中、短篇小說，散文、詩、劇戲等。
圖片提供：聯經出版

青春與情慾

鯨向海和騷夏，是二〇〇〇年以來同志詩領域中最具創造力的兩位青年作者。鯨向海《大雄》（書名至少指向三層意涵，一是動漫《哆啦A夢》（ドラえもん）主角大雄（野比のび太），集天真、委屈、無用、懶惰於一身的小男孩，靠機器貓拯救童年；二是「大」與「雄」，以「大」來界定「雄」，雄性生物可愛可厭的執著；三是廟宇中的「大雄寶殿」，金碧輝煌而又往往坐落著胸肌雄偉半裸的佛像。書名所暗示的純真與情色，在許多人生時刻裡，也都如寶殿般收藏著不可輕易對人言的信仰，而圍繞著信仰，又建築出不可擅入的祕密宮殿，因此，才能讀到這樣的兩首詩：

在弱肉強食的街頭，阿彌陀佛已經不在了
這樣絕命努力地路過、相遇，並肩抵抗整座茫茫人海
開釋我、又為我頓悟，這是為什麼
你的褲子一再掉下來。終結了所有
稍縱即逝的夢境——啊，我的寶殿

——鯨向海，〈大雄〉

當時年紀輕輕，已去過許多地方
山川愛我們健壯的喘息聲
仔細瞧瞧，十七歲呢
沒有地震，沒有未爆彈
鐵橋也沒斷
心裡的宮殿是溫暖的
熟睡著一個王子

——鯨向海，〈在那個我們所不知道的房間裡〉

之後，鯨向海陸續推出《犄角》、延續「大雄」意象的《A夢》、延續純真情色意味的《每天都在膨脹》。「膨脹」關乎「大／雄」和「A夢」，而「犄角」既指涉「突出物」（哪裡？）又指涉閩南語說的「頭頂發角」不與世人同的獨特感。從第一本詩集以來，青春與情慾，一直是鯨向海詩作中的核心關懷，這兩者又往往牽動自我與人際；儘管出發點也許是男校的青春、同性間流轉彈動的情慾，卻不需拘泥於此。他曾說一首詩若只為特定事件服務就太可惜了，寫得隱藏一點，或可逗引出更多層面的想像，在不同時空底下拿出來讀，讀出另一番滋味。

騷夏《瀕危動物》、《橘書》二書，展示女性寫作者對於女女情慾以及女性成長的體驗、思索與狂想。同名詩作〈瀕危動物〉中，她在掀開父親母親的家系面貌之後說：

今天我的任務　是要掀開一個和我同國的新娘
另一隻　稀有　美麗
對於未來缺乏繁殖能力的
瀕危動物

之所以瀕危，因為缺乏繁殖能力，欠缺這項能力，因為無論以任何形式來擁有後代，都是不能也不被許可的。然而，「我」這樣的人是擁有「國」的，即使同國的人並不見得占人類的多數。這也是另一首〈少數的甜蜜〉進一步表達的，不得不生存在「異國」、稀少但無比真實的存在：

在熱鬧的街道無法前進

像一枚無法在異國流通的貨幣
但　我不是偽幣

騷夏也是臺灣少數專注書寫女女情慾的詩人，尤其〈瀕危動物五三〉這幾行在知情識趣者之間傳誦多時：

一頭栽到妳的身體裡面，所以我知
道，我身上所有開孔的地方都非常害
怕妳，但也非常思念妳。

奇特的斷句開啟更豐富意涵。我所知的「道」，即妳的身體可以怎樣誘發我身上所有開孔之處的回應，有孔之處即有「道」路，可以進去，可以湧出，可以灌注，可以通電，正如〈我是一隻廉價的熊〉中赤裸的聲色：「我的手沾滿汁液，不想拔出來，拔出來的時候，不小心把別人的心都挖出來了。」

無望的憂鬱

另外，在同志社群中引起騷動、爭讀的，還包括去世後才出版的葉青《下輩子更加決定》。她的詩祖露戀愛中無望的糾纏，那分無望，也許是來自於同志處境中的壓抑，社會與身心的雙重禁制：

當我們討論憂鬱
總說那是一種心情
但為什麼沒有身體的憂鬱
渴望一個人而只能擁有她的背影
眼睛和雙手都知道不可以
於是感覺到自己的多餘

——葉青，〈當我們討論憂鬱〉

需要討論的憂鬱書寫，還包括布勒《致那些我深愛過的賤貨們》決絕的悲傷：「即使那裡乾乾的／也沒關係／至少妳的眼珠是濕潤的／我都看見啦／／都毀棄了／還需要顫抖嗎／曾經那麼怯生生的／如今也互給了一耳光」（〈沒關係啊〉），以及小令《日子持續裸體》裡身體的飲與啄：「肩帶滑落於妳／空瓶站立於妳／還能如何更傷心地羞怯／冬日枯葉緊抓枝條翻飛／我緊抓妳／回家再說的每一吻落如麥浪傾身頻頻」（〈算幸運吧〉）。

陳牧宏《眾神與野獸》，是年輕詩人中延續鯨向海「純真與情色」主題較得神髓者：「銀河和天空／蛺蝶與男孩／召喚出全部的／流星和煙火／黑蜜與精液／城市沙漠火口湖／芭蕉葉麻竹葉蘆草／矢車菊的臉／舌頭胸膛和肚臍／認真接住」（〈矢車菊〉）。李雲顥《河與童》的自嘲自侃自傷自戀可說抵達雲端，寫的不單單是情慾媒合未果的難堪：「你是我的肉　我卻是生鏽嫩肉槌／你是我的菜　我卻是故障果菜榨汁機」（〈告白失敗有人尷尬二〉），也包括情慾競逐的人肉市場中，那不得已又分明存在的位階：「非菜的我必須愛惜／愛惜自己的肉（大部分／是贅肉）／我必須比未來的情人更／猴急，熊抱，貓叫春——對自己」（〈醜的美德記〉）。

有些人是所有人的菜，是天菜，有些人則像冷凍三色豆，沒人想夾。天菜與剩菜如此判然分明嗎，醜男會不會也有自己的春天？

世界大同

多元性別意識給我們一雙敏感的眼睛，望向世界，看似普通的場景，一經框定，可以煥發同志意味。如孫梓評《法蘭克學派》裡寫：「三角形碑石旁豎起彩虹旗／皇宮廣場前有走索騎兵／／最後一枚硬幣擲出：／兩名男子街頭抱緊，我好開心。」（〈兩個男孩與歐陸〉），歪讀以後，春城無處不飛花，無處不是同志。收回目光，低頭看看自己，不管有沒有鬍子，都能像鄭聖勳在《少女詩篇》裡的宣稱：「我是少女／我的心是迴力鏢／丟出去後總是會砸回來／／冰棒都是粉紅色／金髮都是粉紅色／脂肪都是粉紅色」（〈粉紅色〉），男兒身少女心，性別氣質不須束縛，好男包裹著好女，誰曰不宜？

最後，想談一談零雨的一首詩，〈捷運（二〇一四）——致W〉。零雨的詩一向意象瘦硬，文字減省，很少明確指向當代事件或議題，這首卻是例外，展現出一股世界大同的氣度：

我和同志坐在一起
我和性倒錯坐在一起
我和 cosplay 坐在一起
我和戀童癖、暴露狂、人獸交、性癮症者

坐在一起

她在詩中設置了一個從十九世紀末穿越而來、打算進行革命的人，以疑懼打量這世界，然而「我」應答，「就是這麼混亂，我才坐得住」。然後，這位穿越者看見車廂內裝扮繽紛的同志們，「我」和他們一樣正要去遊行：

列車快速通過，給我們送來一個一個幸福的站名
每個站名都是光明的未來，都是多采多姿的
同志們蜂擁進出的未來

穿越者欣喜於學到了「同志」二字，他要找尋他的「同志」，而列車上的「我」和同志們也是「同志」，共同欣喜於這多樣化的世界。

參考書目

小令，《日子持續裸體》（臺北：黑眼睛，二〇一八）。
布勒，《致那些我深愛過的賤貨們》（臺北：黑眼睛，二〇一七）。
李雲顥，《河與童》（新北：小寫創意，二〇一五）。
紀大偉，《正面與背影：臺灣同志文學簡史》（臺南：國立臺灣文學館，二〇一二）。
孫梓評，《法蘭克學派》（臺北：麥田，二〇〇三）。
陳牧宏，《眾神與野獸》（臺北：大塊，二〇一八）。
葉青，《下輩子更加決定》（臺北：黑眼睛，二〇一一）。
零雨，《膚色的時光》（新北：印刻，二〇一八）。
鄭聖勳，《少女詩篇》（新北：蜃樓，二〇一八）。
鯨向海，〈他將有壯美的形貌：同志詩初探〉，《臺灣詩學季刊：吹鼓吹詩論壇》第二號（二〇〇六），頁九—二〇。
鯨向海，《A夢》（桃園：逗點文創，二〇一五）。
鯨向海，《大雄》（臺北：麥田，二〇〇九）。
鯨向海，《每天都在膨脹》（臺北：大塊，二〇一八）。
鯨向海，《犄角》（臺北：大塊，二〇一二）。
騷夏，《橘書》（桃園：逗點文創，二〇一七）。

騷夏，《瀕危動物》（臺北：女書，二〇〇九）。

延伸閱讀

利文祺、神神、黃岡編，《同在一個屋簷下：同志詩選》（臺北：黑眼睛，二〇一九）。

紀大偉，《同志文學史：台灣的發明》（新北：聯經，二〇一七）。

鯨向海，〈我有不被發現的快樂？：再談同志詩〉，《臺灣詩學季刊：吹鼓吹詩論壇》第一三號（二〇〇九年八月），頁二三九—二四二。

【小專欄】

天亮不用說晚安：文學現身與同志大遊行

翁智琦

二〇〇三年十一月一日，首次同志大遊行由臺北同玩節舉辦，是華人社會中第一次的同志遊行。然而在同志大遊行之前，其實同志社群就有零星的遊行活動，如一九九六年女權火照夜路大遊行有近三百名同志參加。當時發生彭婉如命案，婦女團體上街喊出「婦女要夜行權，同志要日行權」口號，強烈抗議主流論述中「女人深夜不該外出，同志不應在白天活動」的歧視話語。二〇〇二年則有同志至國防部抗議性別認同障礙不能當憲兵的資格。

同志大遊行的舉辦，為性少數者提供公開現身的平臺，同時也凝聚同盟力量，藉此喚起大眾注意。除此之外，也提高性別議題的能見度，進而建立更多元包容的性平社會與價值。

第一屆同志大遊行在受到各家媒體報導以及臺北市政府的支持後，往後固定在每年十月底最後一個週六舉行。第二屆起，陸續由臺灣同志遊行聯盟、臺灣同志諮詢熱線以及臺灣彩虹公民行動協會發起籌辦。同志大遊行每年皆有與時代對話的主題：「喚起公民意識」、「一同去家遊 Go Together」、「驕傲向前行 Run the Rainbow Way」、「同志愛很大 Love out loud」、「投同志政策一票 Out and Vote」、「彩虹征戰，歧視滾蛋 LGBT Fight back! Discrimination get out!」、「革命婚姻——婚姻平權，伴侶多元」、「擁抱性／別·認同差異」、「澀澀性平打開開·多元教慾跟上來」、「性平攻略由你說·人人十八投彩虹」、「同志好厝邊」、「成人之美 BEAUTY, MY OWN WAY」等，可以看出同志大遊行從一開始的與社會對話，逐漸進展到呼籲大眾參與政治、教育領域，企圖透過遊行向整個臺灣社會提出拒絕歧視以及施行基本法律保障的訴求。而在二〇一九年同性婚姻立法後，同志大遊行透過高舉「同志好厝邊」標語，讓同志與社區的日常連結。隔年，又取《論語》「君子成人之美，不成人之惡。小人反是。」中的「成人之美」作為運動核心概念，將儒家論述內嵌於性別友善社會，從中可見同志大遊行在公共議題上的高度延展性與靈活度。

當遊行讓同志社群現身，文學也紛紛跟進。在小說中，同志大遊行通常是角色追尋自我認同、政治理解與辯證的必要場景，比如張亦絢《永別書》，就以遊行為背景，從敘事者角度探討親近友人所參與的基進女同性戀女性主義運動的病態與健康界線，然而描述最深刻的該屬詩歌。零雨〈捷運（二〇一四）——致W〉以搭乘捷運的經驗，表現一位正前往同志大遊行路上的乘客與代表反同政權的故友如何分道揚鑣的過程。李雲顥〈輕快瑪莉的理想下午——二〇〇九同志大遊行〉則是挪用任天堂遊戲瑪利歐兄弟的意象，讓瑪莉成為性別流動的「扮裝者」。平日備受歧視的瑪莉，在遊行中快樂地展現自我。他能是修水管，有著水電工背肌的瑪莉，也能是著彩虹裙裾，塗抹性感唇彩的瑪莉。同志遊行，讓同一副身體裡的兩位瑪莉高聲鳴唱，於是遊行的下午便成為理想午後，然而最後仍得回到日常，接受不友善的關切。

同志大遊行自第一屆舉辦至今，已來到第十八屆，逐漸躍升成為東亞規模最大的爭取性少數權益活動。它於二十世紀末現身，用漫長時間發出溫柔而堅定之聲，只為告訴同志社群，天亮了，我們不必再說晚安。

彩虹旗是每年同志大遊行常見的旗幟之一。
攝影：翁智琦

劇終後，戲才真正開始：臺灣劇場中的性別運動

鄭芳婷

從七〇年代起，臺灣的性別運動已走過半世紀。在漫長的抗爭歲月中，靜坐、示威、策展、請願、占領公園、街道遊行、環境劇場與行為藝術，在鮮血、熱汗與淚水中形構了集體記憶的一部分，如今想來仍然歷歷在目。

社運老將祁家威早在一九八六年起開始奔走的同婚釋憲史，終於在二〇一七年獲得正面回應。然而在違憲宣告所帶來的歡欣鼓舞過後不久，由臺灣基督教右派團體提起的三項公投於二〇一八年底全數通過。七百萬反同票挾帶強大的惡意與敵意，更引起國內多起性別相關的霸凌與自殺悲劇。隔年，針對公投結果，立法院提出《釋字第七四八號解釋施行法》，並在五月二十四日正式施行，使臺灣成為亞洲第一個通過同性婚姻的國家，國內同志友善及平權運動社群因而士氣大振。然而，有關跨國婚姻與同志收養等議題仍待解決，「彩虹媽媽」更是鼠竄全臺校園，不斷以上帝之愛為名傳遞多項歧視與壓迫性思想。如此景況，實可揭示臺灣當代性別運動的傳統脈絡，亦映照當中牽涉政治、經濟、宗教、文化

與國際關係的繁複運作與未竟之業。而這些困境與願景，素來是臺灣表演藝術界的關鍵命題，從八〇年代大小劇場運動迄今未曾遠去。

解嚴後：性別批判的在地化

解嚴後的臺灣劇場，從黨國意識形態中逐步解放，朝向更為抒情與奔放的人間展演而去。「表演工作坊」、「當代傳奇劇場」、「屏風表演班」、「果陀劇場」與「綠光劇團」奠基了臺灣大型劇場的風格典型，然而對性別議題的描摹仍屬主流傳統，未有過多前衛挑戰。因愛滋感染者身分曝光而遭臺師大勒令退學的田啓元，卻未因社會壓迫而放棄創作，反而接連推出《毛屍》（一九八八）與《白水》（一九九三），並成立「臨界點劇團」，開啟臺灣酷兒劇場濫觴。其他諸如「蘭陵劇坊」、「河左岸劇團」與「渥克劇團」等實驗劇團亦透過多元異質的戲劇手法挖掘性、性別、情慾與女權等議題在舞臺上的論述可能。

九〇年代間，島上發生一系列悲劇事件，包括邱妙津過世、北一女學生燒炭、璩美鳳同志酒吧偷拍、農安街轟趴及健身房不當臨檢等，致使國內性別社群氛圍低迷悲戚。然而，臺灣大學浪達社與男同志研究社、政治大學陸仁賈等大專院校性別社團，以及BBS、部落格等社群平臺的成長，又關鍵地促發性別認同相關的實踐與批判。在此之際，性別理論開始大量進口並滲透藝術創作界：伊瑞葛來（Luce Irigaray）、克莉斯蒂娃（Julia Kristeva）與西蘇（Hélène Cixous）以精神分析為方法，鋪展了「陰性書寫」（Écriture féminine）的可能性。巴特勒（Judith Butler）提出的「操演性」（performativity）與「異性戀鬱結」（heterosexual melancholia），更是驚起當代性別研究領域的一片水花。這些豐沛的論述資源，使得在地性別劇場出現了更為多元的風景。

「紅綾金粉劇團」即一連推出《利西翠妲之越 Queen 越美麗》（一九九五）、《愛在星光燦爛》（一九九八）與《都是娘娘腔惹的禍》（一九九八）等精彩劇作，以精彩的「敢曝」（camp）與「扮裝」（drag）美學開展在地男同志的文化面向，從中也反映愛滋議題的戲劇論述可能性，建構了接合在地同志特色與外來性別論述的劇場方法學。邱安忱於臺北堯樂茶酒館上演的《六彩蕾絲鞭》（一九九五），以輕鬆愜意的雙人即景描摹女同志情愛生活，其話劇形式融入貝克特（Samuel Beckett）式的存在主義敘事。田啓元《瑪麗瑪蓮》（一九九六），發想自羅蘭巴特（Roland Barthes）的《戀人絮語》，由衣著俏皮的兩位女演員，以沒有具體情節之重複囈語，宛如脫口秀般地玩弄著打情罵俏的陳腔濫調。上述演出當中輕鬆愜意、笑鬧戲耍的特質，又深深影響而後的臺灣同志劇場創作。

起自一九九六年的 B-Side 酒吧的「女節」，源於魏瑛娟、許雅紅等人的發想，為由女性劇場工作者策展、編導與執行的首個本土戲劇節。第一屆先發便是魏瑛娟的《我們之間心心相印：女朋友作品1號》，由三位著螢光色系洋娃娃打扮的女演員，透過風格化的臺詞、聲調、表情與舞蹈動作，形構沒有具體敘事的戲劇，挑戰觀眾對於女同志煽情劇碼的期待。而後傅裕惠、秦嘉嫄、顧心怡、許雅紅、祁雅媚、楊純純等人組成「女人組劇團」，延續了草創「女節」的精神，又有石佩玉、杜思慧、藍貝芝等人相繼推出實驗性作品，持續提供女性劇場工作者媒合的平臺。除此之外，「臺南人劇團」、「身體氣象館」、「金枝演社」、「莎士比亞的妹妹們的劇團」及「差事劇團」等將觸角深入在地，試圖建立深具臺灣屬性的戲劇美學，並由此切入性別議題的討論，聚集了豐厚的劇場資源，為日後的臺灣劇場中的性別運動撒下具爆發力的種子。

千禧後：持續跨越邊界

千禧年過後的臺灣劇場，彷彿在經歷了集體創傷與社群成長的雙向沖刷後，再次如春綻放，並隨著二〇〇三年第一屆同志大遊行走上街頭，對於性別議題的舞臺探索更是迅速迸發。先前「女節」的長期種樹，加之各界小劇團的多方嘗試，終於使得二〇〇四年的第三屆「女節」聚集豐足資源、經費與人力，甚至得以邀請美國「開襠褲劇團」（Split Britches）來臺演出《我倆長住的小屋》（*It's a Small House and We Lived in It Always*）並開設戲劇工作坊。如此出現徐堰鈴的《踏青去》（二〇〇四），以歡騰輕快的調性唱起正港臺灣女同志之歌。周慧玲的《少年金釵男孟母》（二〇〇九）則從李漁原著〈男孟母教合三遷〉出發，描繪「南風」（男風）的跨時代風貌。劇中男孟母的今生故事，乃置於五〇年代的臺灣，其時白色恐怖的集體記憶，使得同志日常出現了更為複雜的面向。

近年來，「同黨劇團」、「再一次拒絕長大劇團」（現以「再拒劇團」為通用名稱）、「阮劇團」、「四把椅子劇團」、「黑眼睛跨劇團」、「讀演劇人」、「窮劇場」、「盜火劇團」、「娩娩工作室」等更是接力不斷，透過更具跨域、跨性、跨國、跨脈絡的視角，持續針砭既有性別運動實踐與論述的兩難，更提出具疊加與自反特質的創作方法以刺激美學的世代革新。此中，數位技術與社群軟體的全球流行亦深切地參與劇場方法的演變，甚至導致戲劇、表演與劇場本身定義的翻新。半世紀間，島上的表演藝術如奇花異草不斷茁壯、蔓生、長出新生的枝枒，枝幹上滿布歷史痕跡、枒尖上迸出未曾見過的嫩苞、根莖在土壤裡延展並試圖與外界交織糾纏。正是在這碰觸的瞬間，觀眾得以見到表演藝術與社會議題交互的光亮。

光亮時有，暗影仍存。二〇一〇年後的臺灣，正處於全球急速重組變動的風口浪尖。作為亞洲首個通過同性婚姻之國，臺灣仍面對著內部的族群齟齬與政治鬥爭，以及外部的國際緊張、疫情爆發與軍事衝突。國際移民、原住民人權、環境保護、勞工權利與性別相

女人組劇團於2004年皇冠小劇場首演《踏青去》，大量挪用1963年香港邵氏電影公司《梁山伯與祝英台》元素，以詼諧輕快的形式建構在地女同志的集體記憶。
圖片提供：女人組劇團

關議題更是滾動沾黏，使得表演藝術中的性別議題更顯繁複與多層次：所有性別議題，都已不再只是性別議題。又，豐富多元的性別議題劇場，仍有其迄今難以解決的困境，其一便是與大眾市場的斷鉤。上述創作單位所推出之作品即便叫好，亦不一定叫座，所引起的學術研究興趣雖大，觀眾反應卻可能局限在小眾社群。誠然，小眾社群取向自有其迥異於大眾市場的實驗性與抵抗屬性，然而，在如此情境之中，亦容易傾向故步自封，而難能與流行（次）文化產生後續對話。

如此景況中，簡莉穎與林孟寰，可謂近十年兼具票房與口碑的編劇好手。

現實人生不能像漫畫一樣，那是現實人生的錯！

——簡莉穎，《新社員》

一九八四年出生於彰化的簡莉穎，近年來創作質量俱佳，尤其擅長將嚴肅的社會議題包進深具流行（次）文化市場的中大型劇作中，使批判論述與娛樂表演皆得以有效呈現。她在二〇一四年與「再拒劇團」合作推出之搖滾音樂劇《新社員》，以動漫耽美等青少年次文化為材，結合酷兒議題，試圖呈現多元情慾繁複樣貌。劇中青春男孩之間的情感萌生、中年男性之間的愛戀壓抑與腐女女孩投射在男孩情感身上的慾望爆發，在本劇中形構出各種僭越於性別正典以外的情慾模式，串聯成複數的抵抗能量，締造極具陰性力量的劇場空間，質疑了父權異性戀長期霸占意識形態的社會體制。

若再將視野縮至日常生活之微觀細節，並納入數位技術、網路社群與消費主義市場之領域考量，則《新社員》亦提出了臺灣當代戲劇的另一種開疆闢土的方法學。與國內其他劇場作品戲散曲終的運作相比，《新社員》無疑締造了臺灣劇場史上罕有的紀錄：周邊商品及同人誌的熱賣與發展。互動豐富的劇組與觀眾兩造，說明了《新社員》在兩年之間所累積的「粉絲」市場，相當有機與厚實，甚而在演出過後，產生越演越烈之同人誌社群風潮，並於臺灣同人誌販售會

再拒劇團於 2014 年水源劇場首演《新社員》，結合搖滾音樂劇、BL 文化與同志議題，在形式創新與演出票房皆締造佳績。
圖片提供：再拒劇團
攝影：王玫心

（Comic World Taiwan）上屢屢出現攤位版面，形構《新社員》自有的同人社群。《新社員》之所以在臺灣性別劇場系譜中成為論述之必要，與其謂之在表演藝術產業中的各項破紀錄，毋寧強調其破紀錄所提示出的當代在地戲劇美學與其周邊行銷方式的創新可能，以及其揭示的時代文化意義。

> 老爸的世界本來就是崩壞、崩壞，再崩壞。還以為警報已經解除，但這時卻發現我們根本還坐在颱風眼裡。
>
> ——林孟寰，《同棲時間》

一九八六年出生於臺中的林孟寰，身兼劇場編導與影視編劇，其二〇一七年參與編劇之電視劇作品《通靈少女》曾入圍臺灣電視金鐘獎迷你劇集項目最佳編劇，近年來亦大量產製創新題材之舞臺劇作品，尤以性別、科幻、末日感與環境保護為常見的主體。二〇一八年，他與臺灣「亞戲亞」以及日本「亜細亜の骨」劇團合作推出的《同棲時間》，乃少見之臺日跨國製作。劇中講述一對臺日跨國的男同志戀人，意外在一場告別式上發現彼此乃是同父異母的親兄弟，然而在過去父親往返於臺日之間的記憶來襲之際，已是戀人般的親兄弟無論如何也無法圓滿地達成共識，只能深陷在不斷湧現的家族與國族的創痛中。

《同棲時間》以充滿內在暴力性的語言重構現代家庭的巴別塔，不僅反思臺灣國族認同中日本與臺灣之間矛盾曖昧的關係，更試圖在此關係中直搗同志議題的倫理核心，並提示出亞洲同志劇場在未來可能的交流方向。如此，《同棲時間》提出了當代性別研究與劇場產業至為關鍵的問題：如何藉由表演藝術來促發臺灣性別運動與東亞、乃至於全球性別運動的對話與辯論？

劇場中的性別議題永遠都是未竟之業。此時此刻的臺灣，亦如這半世紀的每一刻，仍然舔舐著過去的傷痕，仍然想像著未來的願景。舞臺上演的人生，或者在戲散後終究結束，但曾經在演出過程中撼動觀眾的某個瞬間，卻必定成為永恆。戲，終究是劇終後，才真正開始。

《同棲時間》由臺灣「亞戲亞」劇團與日本「亜細亜の骨」劇團跨國共同製作，於 2018 年日本東京莫里哀劇院首演，舞臺設計充滿臺灣元素。
圖片提供：亜細亜の骨
攝影：横田敦史

參考書目

林孟寰，《同棲時間》（二〇一八首演；未出版）。
徐堰鈴總策劃，蔡雨辰、陳韋臻編，《踏青：蜿蜒的女同創作足跡》（臺北：女書，二〇一五）。
鄭芳婷，〈熹微但有光：重思臺灣酷兒表演藝術〉，《婦研縱橫》第一一一期（二〇一九年十月），頁六—九。
簡莉穎，《新社員：劇本書》（二〇一四首演；臺北：前叛逆文化，二〇一六）。
羅敬堯，〈文化轉折中的酷兒越界：九〇年代臺灣同志論述、身／聲體政治及文化實踐（一九九〇—二〇〇二）〉（新竹：交通大學語言與文化研究所碩士論文，二〇〇五）。

延伸閱讀

林鶴宜，《臺灣戲劇史（增修版）》（臺北：國立臺灣大學出版中心，二〇一五）。
張靄珠，《性別越界與酷兒表演》（新竹：國立陽明交通大學，二〇一〇）。
黃道明，《酷兒政治與臺灣現代「性」》（臺北：遠流，二〇一二）。
鍾明德，《臺灣小劇場運動史：尋找另類美學與政治》（臺北：書林，二〇一八）。
顧燕翎，《臺灣婦女運動：爭取性別平等的漫漫長路》（臺北：貓頭鷹，二〇二〇）。

關於性的轉型正義：在受傷與受害之間贖回自己

葉佳怡

反性侵運動與文學

二〇一七年十月，美國的《紐約時報》和《紐約客》刊出了極具衝擊性的報導，根據記者調查，好萊塢有數十位女性工作者曾受到著名製片家哈維．溫斯坦（Harvey Weinstein）的性騷擾或性侵害，一時之間輿論沸騰。演員艾莉莎．米蘭諾（Alyssa Milano）也在推特上率先使用「#Metoo」的標籤，鼓勵大家藉此分享曾受到騷擾的經驗，因此引發了近年來規模最大的「Me too 事件」。

事實上，Me too（我也是）這個概念早在二〇〇六年就已出現，當時是由塔拉娜．柏克（Tarana Burke）開始使用這個短語。柏克因為曾受性暴力侵害，於是投入社會運動，二〇〇六年時，她在社群媒體 Myspace 上鼓勵女性說出受害經驗，而那正是第一波的「Me too 運動」。二〇一七年的事件發生後，柏克也獲選為《時代》雜誌的年度人物。

當然，女性或男性都可能成為性騷擾或性侵害的受害者，不過女性受害的比例比男性高很多。根據臺灣衛生福利部從民國八十六年至一〇五年度的統計，性侵害通報案件受暴人數累計達十三萬一千一百三十四人，其中女性高達九成，女性被害者人數為男性的一〇．五二倍。因此，無論是美國、臺灣或其他地方，大多是由女性發起類似「Me too」的活動，而目的無非是希望藉由經驗的分享，一方面將受害者串聯起來，另一方面呼籲所有人一同正視問題的嚴重性。

而除了經驗分享外，文學作品也是探討此議題的重要管道。二〇一七年爆發的這波Me too運動從美國逐步延燒到全球，各地迴響及討論的狀況不一，但可以確定的是，英文世界陸續有人整理出各種「Me too書單」。這些書單中常見的熱門作品包括瑪格麗特．愛特伍（Margaret Atwood）於二〇一九年出版的新作《證詞》（*Testament*），還有二〇一八年曼布克獎得主安娜．伯恩斯（Anna Burns）的小說作品《牛奶工》（*The Milkman*）。愛特伍的作品向來聚焦於女性困境，《證詞》的系列前作《使女的故事》（*The Handmaid's Tale*）也探討了墮胎議題，此作不但被拍成電影，許多女性運動者在爭取女性身體自主權時，甚至會在抗議現場披上紅斗篷、戴上白帽子，模仿故事中受壓迫女性的打扮，可說是文學作品與社會運動彼此互動的一個絕佳例子。

辨識加害者與無聲的結構

回到臺灣，臺灣文壇一直以來也不乏探討女性困境的文學作品，比如一九八三年就有李昂的《殺夫》出版，其中的女主角在遭受丈夫的各種性暴力虐待後，以殺掉丈夫作為最血腥赤裸的控訴。但確實有很長一段時間，比較少有作品探討婚家生活以外的性騷擾或暴力問題。不過隨著臺灣的性別意識逐漸抬頭，《性騷擾防治法》也於二〇〇六年實施，相關作品似乎更有了現身空間。二〇〇六年，胡淑雯的短篇小說集《哀豔是童年》出版，其中〈浮血貓〉就是一個小女孩遭到老人性騷擾的故事：

> 夏末的溽暑中，男人掌心冒汗，像肉食者分泌的唾液。要等到被揉得很煩很累很莫名其妙了，殊殊才懂得抽身。殊殊並不了解肉體的價值。她不知羞恥。假如她不怪罪那個人，大人們會說，是這女孩自找的。

不過，〈浮血貓〉這篇作品絕非純然的控訴，而是更幽微的辯證。相對於老人，女孩在性別及年齡上是弱勢，但這位老人又是比她更窮、更沒有未來的外省老兵。老人確實誘騙女孩為自己手淫，但透過作者的鋪陳，我們又能感受到女孩對情慾的好奇心，她甚至早在遭誘導替老人手淫之前，就跟隔壁的哥哥有過一次出於好奇的性愛冒險。小說中反覆出現一句話：「假如她不怪罪那個人，別人就會說，她是自找的。」比起女孩對性的好奇及渴望，人們更期望看到她表現出被動、純潔的姿態。大家認定她是受害者，然而她更感到受傷的地方，卻是自己在這個事件中完全沒有發言權。

而就在美國好萊塢爆發 Me too 事件的前一年，二〇一六年六月的臺灣爆發了輔大性侵爭議，一位男子在網路上公開發文，表示女友在二〇一五年遭到另一位同學性侵，但兩人就讀的心理系卻沒有妥善處理，社會科學院院長夏林清甚至還要求受害學生：「我要聽你做為一個女人，在這件事裡面，經驗到什麼！不要亂踩上一個受害者的位置！」此事件在網路上引起激烈論戰，媒體也參與報導，夏林清在九月底被暫停職務，加害人後來因為強制性交罪遭判三年六個月，於二〇一八年三月全案定讞。

而在這次事件中，最受到廣泛討論的主題之一，就是什麼算「踩上受害者的位置」？女性若想奪回話語權，就必須「擺脫」受害者的身分嗎？認定自己為受害者，會更鞏固自己是弱者的地位嗎？就在相關討論稍微退燒之際，二〇一七年二月，林奕含的《房思琪的初戀樂園》出版，其中講述了女學生房思琪遭到男老師長期性侵害的故事，同年四月，林奕含自殺，她的父母透過出版社發表聲明，表示書中講述的是女兒親身經歷，臺南地檢署隨後也以疑似涉及妨害性自主起訴故事中影射的加害人，也就是現實生活中的補教名師陳國星。不過因為無具體事證，最後確定不予起訴。

於是早在好萊塢之前，臺灣的 Me too 能量便已開始醞釀。在兩次事件期間，許多女性都在網路上分享自己曾受性侵或性騷擾的經驗，一則則都彷彿是《房思琪的初戀樂園》的預言、改作或續寫。

當然，無論小說是否影射了作者自身的經驗及感受，《房思琪的初戀樂園》都是臺灣極少數以性侵受害女性為主角的故事。在故事中，林奕含提出跟胡淑雯〈浮血貓〉一樣的控訴：「他發現社會對性的禁忌感太方便了，強暴一個女生，全世界都覺得是她自己的錯，連她都覺得是自己的錯。罪惡感又會把她趕回他身邊。」除此之外，作者也提出另一個重要的問題：故事中除了房思琪受到性侵，還有另一位女性伊紋長期受到丈夫家暴，兩人首次隱晦地彼此坦承受暴經驗時。伊紋說了，「我們都不要說對不起了，該說對不起的不是我們」。根據故事脈絡，該道歉的是傷害她們的男性，但若將社會的禁忌感一起放進來看，我們會知道，真正必須有所改變的是從家庭到社會的整體結構，其中甚至包括那些默許、協助加害者的女性。

與性和解

時間來到二〇一九年七月，張亦絢的短篇小說集《性意思史》出版。不過在談《性意思史》之前，我們得先談談張亦絢這位作家。在臺灣文壇，張亦絢一直是透過故事探討性別議題的重要小說家，二〇〇一年和〇三年，她分別出版短篇小說集《壞掉時候》和《最好的時光》，其中訴說了女同志的感情世界及女性的情慾生活。之後她在二〇一一年出版《愛的不久時》，二〇一五年出版《永別書》，兩部小說都提到誘姦的主題，但她也用不同細節反覆強調，「強暴靠的不是性器官，而是心」。比如明明父親強姦了女兒，母親卻為了維護「家庭幸福」，將父親的照片寄給離家的女兒，這也是一種強暴。此外，張亦絢也細緻探討了強暴這項行為內含的權力遊戲：

> 強暴者所摯愛的，是這個東西——在殘酷的權力遊戲中勝出，不是做為一個單純的勝利者，而是即使嚴重破壞規則，也沒有被逐出遊戲的勝利者。——特－權－者。他是立法者，用他的法對抗既定的法。
>
> ——張亦絢，《永別書》

這樣一個作家，在《性意思史》的前言提起了林奕含。她強調此書不是對林奕含事件的回應，但仍指出：「這個事件的影響是，使我感到為少女而寫（但也並不排斥其他讀者），為性處境而寫，有其刻不容緩的急迫性。」相對於前兩部作品，《性意思史》反而沒有談誘姦，而是女性在成長過程中的各種性啟蒙體驗。張亦絢當然明白，只要這個社會遵從父權結構的秩序，讓男人或擁護這個結構的女人繼續擁有「特權者」的地位，受害者就會不停產生。然而，若想改變結構，除了推動相關立法或說出受害經驗，也必須為女性「充權」（Empowerment）。

充權又有賦權、培力等譯法，此學術詞彙有各種定義，但大致來說，是透過心理、社會或政治不同的路徑，幫助弱勢或受汙名化的族群擺脫無力感。確實，充權能幫助女性離開受害者的位置，然而如何從肯認自己身為受害者，到真正獲得離開的力量，卻是一個複雜而漫長的過程。張亦絢則是透過文學的視角，讓女性重新凝視自己身上生氣蓬勃的性能量：性不但不令人羞恥，還非常多樣而美麗，「妳生命中沒有一個性，是跟另一個性，一模一樣的……。它們從不重來，一朝一命」。

同時在這幾年間，直接探討女性性處境的文學作品開始以更高的頻率出現。二〇一八年六月，楊婕在《聯合報》副刊上發表一篇散文，題名為〈我的女性主義的第一堂課〉，談及前男友在關係中對自己身體及精神上的控制及侵害：「我曾以為我深愛他，其實只是受害者為了活下去，對加害者的信仰。」同年十二月，李維菁出版散文集《有型的豬小姐》，其中就有兩篇談到女記者在採訪時受到性騷擾，比如有男醫師在受訪時直接評論「沒想到平面記者也長得這麼好看」。二〇一九年九月，李屏瑤出版散文集《台北家族，違章女生》，其中的〈紙山〉談及成長過程中遭遇的性騷擾，並點出這幾乎是所有女性的共同體驗：「第一次被摸屁股的時候我國中。不太早，也不太晚，大概是中間值。」

另一本與此風潮相呼應的作品，是劉芷妤於二〇二〇年四月出版的《女神自助餐》。這本短篇小說集收錄了八篇故事，每篇都講述女性處境，其中〈同學會〉的女主角夢到參加同學會，在夢中，她緊張地想避開曾騷擾她的男同學，又忍不住在人群中尋找傳說中被已婚男教官甩掉後自殺的女同學：「她也想起，那張臉其實不是她二十年前的同學，是每天上班公車站旁那個早餐店老闆娘的女兒，只是發生了幾乎一樣的事。」

透過這樣一段歷程，我們彷彿看到「性」在臺灣進行轉型正義的可能：一方面辨識出加害者及其所屬體系，一方面尋求療傷及和解。從胡淑雯的〈浮血貓〉開始，我們看到女性在受到性騷擾時，其實是受到雙重壓迫：她確實是受害者，但這個受害者的樣貌非常單一、扁平，沒有她本人參與討論的空間。然而在《房思琪的初戀樂園》及許多其他作品中，我們看到受害者的各種樣貌，聽到她們的不同聲音。受害者或許在結構上是弱勢，但絕非毫無反抗能力的弱者。至於要如何療傷，如何和解，我們則有《性意思史》提供出一種可能的途徑。尤其針對同名的〈性意思史〉這篇小說，張亦絢表示「知識不是重點，只要心智不受打壓，求知並不難，我希望完成一個『反打壓少女心智』的性心理基礎」。

於是，在對抗各種形式的性暴力時，除了透過社會運動發聲及爭取權益，文學也以獨特的位置參與其中，幫助還原出所有性體驗的複雜樣貌。Me too 運動是幫助大家尋找夥伴，但即便在同樣的陣線中，每個人仍有各自的美麗，而或許正是文學的力量，能幫助我們的吶喊變得更厚實，進而贖回一切的 Me only。

參考書目

李屏瑤，《臺北家族，違章女生》（臺北：麥田，二〇一九）。
李維菁，《有型的豬小姐》（臺北：新經典，二〇一八）。
林奕含，《房思琪的初戀樂園》（臺北：游擊，二〇一七）。
胡淑雯，〈浮血貓〉，《哀豔是童年》（臺北：印刻，二〇〇六），頁八一—一二二。
張亦絢，《永別書》（臺北：木馬，二〇一五）。
張亦絢，《性意思史》（臺北：木馬，二〇一九）。
張亦絢，《愛的不久時》（臺北：聯合文學，二〇一一）。
楊婕，〈我的女性主義的第一堂課〉，《她們都是我的，前女友》（臺北：印刻，二〇一九），頁一四二—一五二。
劉芷妤，《女神自助餐》（臺北：逗點文創，二〇二〇）。

後記

「可讀．性」的文學革命暗語

蘇碩斌／國立臺灣文學館館長

您正在翻閱的這本《性別島讀》，是國立臺灣文學館「可讀．性：臺灣性別文學變裝特展」圖錄的進化版。圖錄，原本是呈現一檔展覽圖像的如實紀錄；然而，這一本更誠意爆表邀來一堆厲害的寫手，將超乎展場那些意在言外的曖昧、字裡行間的祕辛，都蒐集進來——繽紛的性別文學特展圖錄，於是進化成為好看又有深度的臺灣性別文化小史。

這本書源起的文學特展標題「可讀．性」是雙重的俏皮語：第一重，表示文學訴求普及易懂的「可讀性」，訴求男歡女愛是一般天經地義；但是但是……，更要注意第二重，「性」常匿藏在文學作為革命暗語，可以「讀出玄機」，一旦有人將刺痛讀進心底，漫流氾濫，就是改變社會的契機。

「性」是人生悸動的本能驅力，也更是製造人口的關鍵舉動，因此，「性」不只是個人的青春煩惱、更是國家權力的根源，然而，「性」也長期受到男性權力使出「文以載道」

的論述而嚴密控制、也必定壓抑到隨時可能爆炸。世界都是如此，臺灣亦然。「可讀．性」這個展覽的臺灣「性」，含括了性別的制度壓抑、平權抗議，以及掙脫枷鎖的全面現象。不同時代，其實都能看到文學率先衝擊社會的壓抑，從這樣的視角觀看臺灣文化史，更見真苦痛與真感情。

國立臺灣文學館成立十八年。二〇〇三年開館之初，臺灣文學的地位還很灰暗，臺文館必須費盡心力、搶救大批被遺忘的前輩史料。幸而十餘年來已有成果，現在才能進到新的階段——期待更多的社會溝通、集體感動。那麼，我們所欲溝通的文學，本質何在？可以這麼形容——文學就是有人用不凡的文字作為無形武器、填充思想情感噴出殺傷力，並找著實力相當的讀者駁火車拚、搞到兩造遍體鱗傷卻覺得超爽快那一類的事情。可以說文學是情感結構、是感性配置、是想像另一個更好世界的出入口。

因此臺文館這一棟富含文字氣質的博物館，也開發出屬於自己的策展美學。文學，是存在於平凡生活的不凡文字；力量，未必依附在特定具體的物件之上。所以我們也不可能照單模仿美術品物件展示方法，不能只把原件掛出就以為責任完了。於是我們喜歡講文字改變世界的故事，也強調「文學力」這句口號。

臺文館的策展，也擅長集體作戰。展覽理念的研究發想、展品陳列的典藏考慮、展場設計的風格技術，都是館內知識創意的動員。當然，糾纏館外的學者專家壓榨腦力，也是例行常態，這就要感謝王秀雲、莊宜文、李淑君、紀大偉、王鈺婷幾位苦主。尤其王鈺婷更格外躍進苦海，規畫了這一冊進化版的全部篇章、邀稿，絕對是關切性別議題的真愛。

此次很榮幸與聯經出版公司攜手合作，因為雙方都深信文學力將在臺灣蔓延，因此也願意積極來做。謹向涂豐恩、陳逸華、林月先團隊的知識投入與專業品管致上敬意。

身為最有「字氣」的博物館，有責任發揮文學的敘事本領，也必須為展場觀眾回到書桌、燈亮床頭的時刻，提供番外篇的延伸服務。這本書是我們多重努力的驕傲，希望滿足您渴望臺灣文學「未完待續」的心情。

作者簡介

謝宜安

一九九二年生，鹿港人。臺大中文所碩士，臺北地方異聞工作室成員。關注都市傳說、怪談與民俗，以及其中的現代性、性別等議題，希望藉由傳說解讀人心。著有《特搜！臺灣都市傳說》，以及小說《蛇郎君：蠔鏡窗的新娘》。

陳彥伃

清華大學臺灣文學研究所畢業，現任上班族。碩士論文為《穿越時空的女厲／力：論林投姐故事之「越界」書寫》。

巴代

臺東卑南族大巴六九部落裔，現為專職作家。研究領域為卑南族巫覡文化、臺灣原住民文學。著有研究專書兩冊、短篇小說《薑路》一冊、長篇小說《月津》等十一冊。曾獲金鼎獎、臺灣文學金典獎、吳三連獎、高雄文藝獎。

洪郁如

東京大學大學院總合文化研究科博士，現任日本一橋大學大學院社會學研究科教授。專長領域為近現代臺灣社會史及性別

研究。著有《近代臺灣女性史：日治時期新女性的誕生》、《誰の日本時代：ジェンダー・階層・帝国の台湾史》。

吳佩珍

日本筑波大學文學博士，現任政治大學臺灣文學研究所副教授兼所長。著有《真杉靜枝與殖民地臺灣》、論文"The Remains of the Japanese Empire: Tsushima Yūko's All Too Barbarian; Reed Boat, Flying; and Wildcat Dome,"等。另有譯作與編著，臺日文學導讀與隨筆散見於專書、雜誌。

蔡蕙頻

國立臺灣圖書館編審、臺北教育大學臺灣文化研究所兼任助理教授。著有《不純情羅曼史：日治時期臺灣人的婚戀愛欲》、《好美麗株式會社：趣談日治時代粉領族》、《臺灣史不胡說》等書。

張志樺

成功大學臺灣文學系博士。著有碩士論文《情慾消費於日本殖民體制下所呈現之文化社會意涵：以《三六九小報》與《風月》為探討文本》及博士論文《當臺灣開始談戀愛：日治時期戀愛論述史》。

王鈺婷

成功大學臺灣文學系博士，現任清華大學臺灣文學研究所教授。研究領域為臺灣戰後女性文學、散文研究、臺港文藝交流。著有《女聲合唱——戰後臺灣女性作家群的崛起》、《身體、性別、政治與歷史》。

黃儀冠

政治大學中國文學系博士，現任彰化師範大學國文系暨臺灣文學研究所副教授、《東亞觀念史》執行編輯。曾擔任教育部閱讀與書寫計畫主持人。著有專書《晚明至盛清女性題畫詩研究》、《臺灣女性書寫與電影敘事之互文研究》、《從文字書寫到影像傳播——臺灣文學電影之跨媒介改編》。

高鈺昌

成功大學臺灣文學系博士，現為中央研究院中國文哲研究所科技部博士後研究員、國立臺北教育大學臺灣文化研究所兼任助理教授。

李淑君

成功大學臺灣文學研究所博士，現任高雄醫學大學性別研究所副教授。曾任紐約大學、維也納大學訪問學者。關注議題與閱讀興趣包含性別研究、臺灣文學、臺灣歷史。

曾秀萍

政治大學中文系博士，現任臺灣師範大學臺灣語文學系副教授。研究興趣為女性與同志文學、臺灣電影、性別人權等弱勢議題。著有學術專書《孤臣．孽子．台北人：白先勇同志小說論》，及多篇期刊論文、專書論文與文學、電影評論。

張俐璇

成功大學臺灣文學博士，現職臺灣大學臺灣文學研究所副教授。著有專書《兩大報文學獎與臺灣文學生態之形構》、《建構與流變：「寫實主義」與臺灣小說生產》，與臺大臺文所研究生合作有桌遊《文壇封鎖中》。

李癸雲

現任清華大學臺灣文學研究所教授。著有《詩及其象徵》、《結構與符號之間》、《朦朧、清明與流動》等學術論著。曾獲臺北文學獎新詩評審獎、臺中縣文學獎新詩獎、南瀛文學獎「南瀛新人獎」、清華大學校傑出教學獎等。

紀大偉

美國加州大學洛杉磯分校（UCLA）比較文學博士，政治大學臺灣文學研究所副教授。著有專書《同志文學史：台灣的發明》、科幻小說《膜》。日文版、法文版、英文版《膜》已經翻譯出版。

李欣倫

中央大學中國文學系副教授。出版《藥罐子》、《此身》及《以我為器》等散文集。《以我為器》獲二〇一八年國際書展非小說類大獎，亦入選《文訊》「二十一世紀上升星座：一九七〇後臺灣作家作品評選」中二十本散文集之一。

謝欣芩

美國奧勒岡大學東亞系博士，現任臺北教育大學臺灣文化研究所副教授。曾擔任衛斯理安大學助理教授、臺灣文學學會秘書主任。研究興趣為當代臺灣文學與電影、移民、女性研究。獲科技部年輕學者養成計畫補助。

楊佳嫻

高雄人。臺灣大學中文所博士，現任清華大學中文系副教授、臺北詩歌節協同策展人、性別運動組織「伴侶盟」常務理事。著有詩集《少女維特》、《金烏》等四部，散文集《小火山群》、《貓修羅》等五部，另有編選與學術著作若干。

翁智琦

政治大學臺文所博士，曾任巴黎高等社科院訪問學人、靜宜大學兼任講師，現為韓國釜山大學中文系客座教授。曾獲玉山文學獎、文化研究學會博士論文優選等。合著有《遇見文學美麗島》、《二二八．「物」的呢喃》。

葉佳怡

臺北木柵人，曾為《聯合文學》雜誌主編，現為專職譯者。已出版小說集《溢出》、《染》、散文集《不安全的慾望》，譯作有《勸服》、《歡樂之家》、《恐怖老年性愛》、《她的身體與其它派對》、《消失的她們》等十數種。

鄭芳婷

加州大學洛杉磯分校劇場表演博士，現為臺灣大學臺灣文學研究所副教授。研究領域包括臺灣戲劇、酷兒批判、島嶼論述。論著發表於 *Asian Theatre Journal*、*Third Text*、《戲劇研究》、《中外文學》等國內外期刊及各藝術評論雜誌。

展覽資訊

可讀・性：臺灣性別文學變裝特展

Reading Sexualities: The Many Faces of Gendered Literature in Taiwan

指導單位：文化部
主辦單位：國立臺灣文學館
總策劃：蘇碩斌
執行策劃：謝韻茹、黃勝裕、曾于容
文案統籌：江昺崙、謝韻茹
展覽協力：簡弘毅、趙慶華、許乃仁、陳秋伶、程鵬升、羅聿倫、林温晴、王嘉玲、陳奕璇、林佳靜、許瑋珊
文物典藏：陳烜宇、林宛臻、郭曉純、林巧湄、林佳瑩、鍾宜紋、詹嘉倫、丁千惠、張禾靜
文物保護：晉陽文化藝術
設計製作：木木藝術
視覺設計：和設計

藝術裝置：黃至正

展場攝影：Art Mechanic 機械複製

教育推廣：黃勝裕、黃雪雅、羅聿倫、邱郁紋、莫佩珊、葉柳君

特別感謝（按姓氏筆畫排序）

諮詢顧問：王鈺婷、王秀雲、李奕芸、李淑君、紀大偉、徐登芳、莊宜文、張俐璇

展品／圖像授權：小猫猫、王育麟、周美玲、柯妧青、徐登芳、郭珍弟、陳傑、簡偉斯、三映電影文化事業有限公司、中華文化總會、月球唱片股份有限公司、同喜文化工作室、角頭音樂、表演工作坊、國家電影中心、婦女新知基金會、蔓菲聯爾創意製作有限公司

線上展覽

聯經文庫

性別島讀：臺灣性別文學的跨世紀革命暗語

2021年10月初版　定價：新臺幣350元
2021年11月初版第二刷

著者：
謝宜安、陳彥伃、巴　代、洪郁如、吳佩珍、蔡蕙頻
張志樺、王鈺婷、黃儀冠、高鈺昌、李淑君、曾秀萍
張俐璇、李癸雲、紀大偉、李欣倫、謝欣芩、楊佳嫻
翁智琦、鄭芳婷、葉佳怡

策劃	國立臺灣文學館
監製	蘇碩斌
主編	王鈺婷
計劃執行	簡弘毅
	曾于容
叢書編輯	林月先
校對	潘貞仁
整體設計	朱疋

出版者	聯經出版事業股份有限公司
地址	新北市汐止區大同路一段369號1樓
叢書編輯電話	(02)86925588轉5388
台北聯經書房	台北市新生南路三段94號
電話	(02)23620308
台中分公司	台中市北區崇德路一段198號
暨門市電話	(04)22312023
台中電子信箱	e-mail：linking2@ms42.hinet.net
郵政劃撥帳戶	第0100559-3號
郵撥電話	(02)23620308
印刷者	世和印製企業有限公司
總經銷	聯合發行股份有限公司
發行所	新北市新店區寶橋路235巷6弄6號2樓
電話	(02)29178022

副總編輯	陳逸華
總編輯	涂豐恩
總經理	陳芝宇
社長	羅國俊
發行人	林載爵

行政院新聞局出版事業登記證局版臺業字第0130號

本書如有缺頁，破損，倒裝請寄回台北聯經書房更換。　ISBN 978-957-08-6008-5 (平裝)
聯經網址：www.linkingbooks.com.tw
電子信箱：linking@udngroup.com

國立臺灣文學館
National Museum of Taiwan Literature

國家圖書館出版品預行編目資料

性別島讀：臺灣性別文學的跨世紀革命暗語/王鈺婷主編．
謝宜安等著．初版．新北市．聯經．2021年10月．296面．17×23公分
（聯經文庫）
ISBN 978-957-08-6008-5（平裝）
[2021年11月初版第二刷]

1.臺灣文學史　2.性別研究　3.文學評論　4.文集

863.09．　110015013